小月的秘密

[澳]埃德温娜·怀亚特 著 [新西兰]凯瑟琳·奎因 绘
徐阳 译

中信出版集团 | 北京

图书在版编目（CIP）数据

小月的秘密 / (澳) 埃德温娜·怀亚特著；
(新西兰) 凯瑟琳·奎因绘；徐阳译. -- 北京：中信出
版社，2022.7
书名原文: The Secrets of Magnolia Moon
ISBN 978-7-5217-4429-3

Ⅰ. ①小… Ⅱ. ①埃… ②凯… ③徐… Ⅲ. ①儿童故
事—作品集—澳大利亚—现代 Ⅳ. ①I611.85

中国版本图书馆CIP数据核字（2022）第084690号

小月的秘密

著　者：[澳] 埃德温娜·怀亚特
绘　者：[新西兰] 凯瑟琳·奎因
译　者：徐阳
出版发行：中信出版集团股份有限公司
（北京市朝阳区惠新东街甲 4 号富盛大厦 2 座　邮编　100029）
承 印 者：北京中科印刷有限公司

开　本：880mm × 1230mm　1/32　　印　张：4　　字　数：73 千字
版　次：2022 年 7 月第 1 版　　印　次：2022 年 7 月第 1 次印刷
京权图字：01-2022-3212
书　号：ISBN 978-7-5217-4429-3
定　价：28.00 元

服务热线：400-600-8099
投稿邮箱：author@citicpub.com

献给亨利和奥德丽

向南希·科内斯库和亚历克斯·怀亚特致以感激和爱

目录

第一章

一次秘密的告别

小月是在一座小山丘上急急忙忙出生的。最先亲吻她的是月亮。月亮把小酒窝放在她的脸蛋上，把小卷毛放在她的脑袋上。但这是一个秘密。小月妈妈坚信，这些完全是遗传她的。

从小月出生起，月亮就是她的好朋友。他们有许多共同点。首先名字就一样，这个名字她既会正着写，也会反着写。还有她的体形，她从窗口看起来可小了（不过，这只是障眼法）。尽管在这九年的时间里，她做很多事时都需要踮起脚尖，袜子也经常滑下去，心里能装下的东西却比别人多两倍。她也能让其他东西变大，要是她邀请你去希斯镇的斜坡街道上一起跳“脚跟脚尖波尔卡”，你就会觉得嘴里的橡皮蛇糖果可以比平时拉得更长，星期天下午也变长了。脚跟，脚尖。脚跟，脚尖。滑行。滑行。滑行。滑行。拍拍两只手，再拍几下膝盖，然后在喷泉式饮水器边停下喝点儿水。

和月亮一样，小月也喜欢躲藏。藏在她的希腊神话书后面，或者藏在她那一头浓密的黑发后面。她的头发里缀满了小宝贝——羽毛、小树枝、一两个秘密。守护秘密是小月的拿手好戏。她很清楚该拿它们怎么办，也常常安慰提心吊胆的人，不让他们惹上麻烦。正因为这样，总会有人凑过来悄声说：

“我能跟你讲个秘密吗？”

“要是你愿意的话。”她耸耸肩，透过像甲壳虫一样乌黑发亮的小卷发盯着你。

所以这段对话就发生了。

“我要离开这里了。”梅梅说。

“哦？”小月说，手里摆弄着的叶片突然掉到了地上。

她们坐在梅梅家后花园的许愿树下，夏天的微风好像突然变冷了。

“妈妈在别的地方找到了新工作。”

“噢。”小月说，这下她找不到她用眼神跟踪的蚂蚁了，“你什么时候走？”

“明天早晨。”

“明天早晨！”小月说，“四年级就要开始了！读完这一年再走也可以呀，如果你是巨型水母，一年就是一辈子了。”

梅梅也这么觉得。一年时间可长了。

“你要去哪儿？”

“巴罗。”

小月倒吸一口气，两只袜子都失望地滑了下来。“从这儿去巴罗要整整一个小时呢，如果你是烤箱里的蛋糕，一辈子也就那么长！”

梅梅难过地点点头。一个小时的确很长。

“你真的要走吗？”小月说，她努力控制自己的情绪。

“是啊。”梅梅说着扯下一块青苔，“但别跟其他人说。我不喜欢说再见。”

两个好朋友静静地坐在许愿树下，小月闷闷不乐地想着今后她们还能不能一起倒挂在老无花果树上发明新动物，讨论她们要变成哪种水果。梅梅·贝尔一直近在眼前——近到她夜里都可以听见贝尔家屋外走廊上叮叮咚咚的风铃声。这下她们要被农场、围栏与河流隔开了。然而，小月还是拉起袜子，因为现在还没到明天，梅梅也依然在身边。小月爬上树开始思考。

“我要当一颗葡萄。”小月倒挂在树上晃着说。

“为什么呀？”梅梅说着也找了一根树枝，挨着她一起晃悠。

“那样就永远都不会孤独了，你会坐在一大串葡萄中间，总有人可以说话。”

“要是你掉下来滚到桌子底下怎么办？葡萄一踩就烂。”

“这我倒没想过。我可以反悔吗？”

“不，不行。”梅梅说，“紫的还是绿的？”

“紫的。”小月说，“好像是叫‘红提’？”

梅梅思考了一会儿。

“我要当葡萄柚。”她说。

“为什么呀？”

“因为没人爱吃葡萄柚。太酸了。所以没人会把你从果盘里拿走，你可以永远和朋友们待在一起。”

“遇到鹈象呢？”小月问。

“那是什么？”

“一半是鹈鹕，一半是大象。它们只吃葡萄柚。”

梅梅扮了个鬼脸：“它们长的是大鸟嘴还是象鼻子？”

“象鼻子。它们只吃葡萄柚的皮。”

“噢。”梅梅皱皱鼻子说，“那我可以反悔吗？”

“不行。”小月说，“你不能反悔。”

然后她们四处望望，只见太阳慢慢西沉，一天突然就结束了。

到了说再见的时候，小月张开嘴，又立刻闭上。然后她的胳膊抬起，又迅速落下，她不确定到底该怎么做，因为梅梅不喜欢说再见。最后小月只是点了一下头，猛地转身，两只脚和脑袋一样稀里糊涂的。

到了烟囱帽大街转角，小月回头望了望。梅梅已经回去了。街道静悄悄的。太安静了。她朝 84 号番红花小屋跑去，那里从来就没有安静过，小月妈妈成天教钢琴，小月爸爸在学双簧管，还有一段暴脾气楼梯——你在它背上稍微踩得重一点儿，它就要大吵大闹。

小月走进家门，刚好听见一声鹅叫和一阵可怕的呱呱声混在一起，好像有只大鹅不小心吞了一只蛤蟆。不过，那只是她爸爸试着和妈妈的学生艾丽·明克玩二重奏而已。

“从头开始吧？”小月爸爸喊道。

“听我数拍子。”小月妈妈回答，她坐在高脚凳上，身边是脸色发白的艾丽。

他们家的猫咪阿特拉斯耷拉下耳朵，跟着小月溜进厨房。

晚餐后，小月上楼，扑到床上。她能听见梅梅家的风铃声。她用手指在墙上写起字来。

小月喜欢把大名“马格诺利月·木恩”倒着写，这能帮她理清思路。她在厨房操作台上的面粉里写。她在上学途中的天空里写。她觉得名字这样念起来很好听，像是一种古老的语言：

恩木
月利诺格马

小月把枕头翻到凉爽的一面，尽可能不去抓下巴上的蚊子包。她很好奇梅梅现在是什么心情。她想象梅梅盘腿坐在地板上，把自己的书本和衣服收进明天就要装上卡车的大盒子里。她激动吗？害怕吗？小月很想问问梅梅。她想向她道别。可梅梅不喜欢说再见。

小月坐在黑暗中，突然感到被孤独刺痛了。不过，她并不是一个人。有位来客正等在窗前。小月拉开窗帘，抬头望着那张熟悉的脸。

你好呀。

你好呀。月亮眨眨眼。

月亮拿起银色的刷子在小月家的外墙上涂抹，小月咯咯

地笑起来，这下她的睡衣上深一块，浅一块，像长颈鹿的外套。她感觉她的床慢慢升起，想象自己是希腊神话书中的阿耳忒弥斯女神，驾着月亮马车驶过天空。然后她又想起了她的烦心事，扑通一声跌回地面。这个秘密很烫嘴，急匆匆地小声飞出来了。

“梅梅明天就要走了！”

月亮脸色苍白，一小块碎片掉了下来。

“她不喜欢说再见，所以别人都不会知道的。”

月亮在风中摇晃，陷入沉思。

接着又一张脸出现在窗口。小月掀起被角抖了一下。阿特拉斯轻快地跳上她的床，用它蜜糖般浓稠的声音哼哼起来。

小月打了个哈欠。她说过很多次再见。她的宠物瓢虫。她爷爷。那颗原本嵌在她最心爱的戒指上，却丢在去商店途中的心形珍珠。她洒水壶的把手。每天早上太阳出来的时候她也会和月亮说再见。他们之间隔了一天，隔了一个世界，但没关系——他们一直都是好朋友，哪怕隔空相望。或许她和梅梅也会这样。她们本来就可以远距离交流：这些年来，她们两个一直都在秘密地传递信息。就算隔着房间，或者隔着操场，哪怕她什么也没说，只要一个眼神、一个动作，梅梅就知道小月要说什么。哪怕说出来的话乱七八糟，像她墙上的名字一样顺序颠倒地挤在一起，梅梅也能理解。

小月的脚趾动了动。她的眼睛闪闪亮。

来一次秘密的告别怎么样？

第二天清晨，小月试着悄悄溜下楼梯台阶，可她的步子还是把它们吵醒了。

“闪开！”最上面一级台阶发出咳咳声。

“嘘！”最底下一级喘着气。

小月一蹦老高，脑袋撞到天花板的木梁上。一个大包鼓了起来。

“嘘，老实点儿！”她不客气地说，“别那么凶。”

不过说完她就后悔了。由于门厅里总是灌风，楼梯得了热感冒。感冒了，谁都会暴躁。

她把手工盒从洗衣柜里拿下来，掏出糨糊、卡板纸还有三年级美术活动做冰山时留下的一些皱纹纸。然后她找来剪刀和最好的彩笔——那是她上周六过生日收到的。她把这些东西在餐桌上铺开。

“这是做什么？”小月爸爸一边整理自己的包一边问。

“这是一个秘密。”小月一边说一边画粉色和金色的条纹。

做完之后，小月就带着作品上街了，在花园小径上落下一地闪闪的亮片。阿特拉斯和她父母都好奇地跟她走到街角，直到听见梅梅家叮叮咚咚的风铃声。

他们来到烟囱帽大街时，小月正好看到贝尔夫人抱着一个贴着“厨房”标签的大纸盒站在楼梯上，而贝尔先生抱着一个标着“易碎”标签的盒子站在车库里。他们忙个不停，丝毫没有注意到街上站着一小群人。旁边传来一声尖叫和一阵咯咯的笑声，梅梅最小的弟弟菲力正被抱上婴儿座椅，他旁边坐着梅梅的另一个弟弟欧尼。小月非常喜欢欧尼，不过欧尼好像一直有点儿怕她。当个四岁小孩一定很不容易。然后小月看见梅梅了。她绕着她家房子走啊走，抚摸着缠绕在门前走廊上的茂密紫藤叶片。她揪下一片叶子，然后才打开车门坐进去，消失在塞满后座的盆栽植物、夹克衫和枕头海洋里。她的眼睛又红又肿。小月还没喊出声，另外几扇门也砰地关上了，引擎隆隆发动。透过车窗，她看见菲力在使劲地拍打胳膊。

汽车从梅梅家车道开出来，小月把那块黄色卡板纸牌子高高举过头顶，有节奏地喊出上面的紫色粗体字：

“梅梅见次下！”

刚开始，这句话念起来硬邦邦的，很不顺口，但多说几遍后它就像软乎乎的小球一样从她舌尖滚出来了。小月妈妈和小月爸爸也开始踮起脚尖，喊着：

“梅梅见次下！”
“梅梅见次下！”

没过多久，明克家、斯诺家、劳森家、波莉·艾格斯家，还有烟囱帽大街上的其他人也不再从自己家窗口偷偷看了，他们都穿着晨衣和拖鞋出来了。就连隔壁新来的不怎么说话的男孩卡斯珀·斯隆，也带着他的垂耳朵狗一起出来了。大家从左看到右，再从右看到左，然后拍着手，跺着脚，踏着节奏一起喊：“梅梅见次下！”他们还渐渐把贝尔家的其他成员名字也加进去了。最后，这些词语在他们四周织出一条飘带，将他们聚在一起，领他们走到路上。

贝尔家的车在街上停住，车窗摇下来，梅梅的眼睛依然又红又肿，但她已经开心地笑了，手里满满都是邻居们抛来的吻。

小月看着汽车绕过街角，冲着许诺要找一棵新许愿树等她来做客的梅梅点点头。

尽管大家都在叫着，喊着，欢呼着，却没有一个人说再见。

因为守护秘密是小月的拿手好戏。

第二章

一个秘密的信封

小月看看手表。还很早。距离她上一次看表才过去三分钟，可如果你是一片吐司或一块软乎乎的荷包蛋，那可就是一辈子了呢。

小月不喜欢早早到校，因为在教室外面排队的时候没有人可以聊天。这些年来，梅梅总是第一个到希斯镇小学。现在不了，她去了另一所学校。

新来的男孩卡斯珀·斯隆来得也很早。可卡斯珀不想说话。小月经过他家门口的时候他不想。她在商店或候诊室里看到他的时候他也不想。他似乎自己一个人待着更自在。小月把袜子往上拉。她弯下腰把鞋带系上又解开。卡斯珀把书包拉链拉上又拉开，在里面翻翻找找。好主意，小月一边想，一边也把自己的书包拉上又拉开，假装要掏的东西在最底下。

等她的新老师霍金斯先生到了，她就跟着他进教室了。

“找个钩子。”老师说，“随便哪个都行。”

小月走到墙边把书包挂好。她盯着旁边那个空空的钩子，那里本来应该挂着梅梅的书包。其他同学匆匆进门，开始在墙边推推搡搡。卡斯珀·斯隆迅速从他们身边走过，径直走向自己的课桌，把书包塞在脚边。

小月找到座位，看着霍金斯先生像蜂鸟似的在课桌间盘旋。她已经喜欢上他了。他有一双亮闪闪的眼睛，骑的是一辆绿色自行车。不过，没有梅梅，四年级就会像是没有蛋奶羹的圣诞布丁，或者没有青蛙的池塘。

小月的桌上放着一个信封和一张纸条。给所有学生分发完之后，霍金斯先生让大家写下他们今年最想实现的三件事情。

“学年结束，我会把信封还给你们。”霍金斯先生说，“如果你完成了目标，那很棒！如果没有完成，也没关系。回想一下有哪些进步也很重要。”

“什么是目标？”佩吉·斯莫尔问。

“把它当成计划来想就好。”霍金斯先生说，“你希望未来会发生的事情。”

“像愿望那样？”沃伦·斯诺问。

“有点儿像愿望。”霍金斯先生说，“不过是那种你可以通过自己的努力来实现的事情。可以是小事，也可以是大事，没有对错。”

“我想骑奶牛！”阿德·马奇说。

“嗯……”霍金斯先生似乎对刚才说的最后一句话后悔了，“写下来吧。”

他在课桌之间来回穿梭，给没带笔的学生发铅笔。

“别跟旁边的人商量。”他说着，微笑的眼睛里闪着光，“这只是给你们自己看的。”

小月四下张望。每个人都埋着头，胳膊围着自己秘密的愿望。每个人，除了卡斯珀·斯隆。他盯着窗外一只正在啄垃圾的乌鸦。它左摇右晃地跳着奇怪的舞蹈，欢快地鸣唱。

乌鸦，小月想，我想学会乌鸦语，像奶奶那样。想到穿着牛仔靴的奶奶站在门前走廊上嘎嘎叫，她脸上掠过一个小小的笑容。

她写道：

学说乌鸦语

然后她在下面画了道线。

接着小月削了一下铅笔，开始写第二个目标。她完全知道自己想做什么：

和那个天使一起飞

低头盯着这行字，她已经能感受到掠过尖塔和树梢时扑面而来的风了。她想起第一次看见那个天使的时候。那时她在市政厅外面等人，往许愿井里丢硬币，突然有一道长长的影子落在鹅卵石上。一个长翅膀的巨大生物栖在她身后的墙上。当时她还以为自己的愿望实现了呢——刻在老星象钟周围那圈石头上的天使活过来了。然后她发现那不是天使，是个男孩。瘦瘦高高的。他的胳膊伸展开来，像一双硕大的白色翅膀。他光着的脚像舞蹈家那样站立着。她看着他下蹲，弯腰弓背，好像被隐形的弓箭手拉得紧紧的。然后他从墙上射出去，从她身边“飞”过，长长的头发像被扯破的蜘蛛网那样飘在身后。她从来没见过谁跑得这么快。

见他从中心广场“滑翔”而过，佩吉·斯莫尔和她的朋友们指指点点，咯咯直笑。但天使男孩根本没有回头看笑声是从哪里传来的。他好像满不在乎。他身在别处，在高空，飞过他自己的秘密天空。

“那是谁呀？”等到他消失在一条布满阴影的小路上，小月问佩吉·斯莫尔。

“不知道。”她说着又大笑起来。这会儿她也在笑，在教室那头和她的朋友们一起。小月望着那面墙，只见她们差不多的书包挂在一起，排成一排。而她书包边上的钩子还是空的。梅梅还是不在。还是没有人可以说话。她重起一行，又写下一件事，然后把纸条对折，封进信封。

她眼睛到处瞟，想看看还有谁写好了，她的目光落在了卡斯珀·斯隆身上。他转着手里的铅笔，在桌上有节奏地敲打着。有时她会看见他在前院里抚摸他的狗。那是一只嘴唇松软、眼神忧伤的老狗，她也想摸一摸。卡斯珀不敲了，挠挠鼻子。小月努力控制自己，不去看他的纸上写了什么。但她还是忍不住好奇像卡斯珀这样的人会有怎样的秘密愿望。

她把头扭回来，用弯弯曲曲的线条装饰自己的信封。

“还有一分钟。”霍金斯先生说。纸张窸窸窣窣，有人在窃窃私语，大家都在抓紧写。然后卡斯珀开始折他那张纸。小月闭上眼睛，但她的右眼不听使唤。还没等她把右眼闭上，她就趁邻居把纸条塞进信封的那一瞬间看到了上面的内容。没有字。一个字也没有。卡斯珀·斯隆的纸上一片空白。

霍金斯先生走来走去收信封，教室里响起一片叽叽喳喳的说话声。

卡斯珀瞟了小月一眼。她能看出他知道她知道什么。

他们对视了一会儿。小月感到心里有一只载着希望的小小红风筝猛地俯冲下来。卡斯珀张开嘴要说话，然后又低下头，拉开书包，在里面掏来掏去。

小月赶紧抓住机会。

“如果你可以变成一种水果，什么水果都可以，你选哪一种？”

“啊？”卡斯珀说。

“如果你可以变成一种水果，什么水果——”

“嗯，我听见了。我只是不确定你是什么意思。你怎么能变成一种水果呢？还有，你为什么会想变成水果？”

小月叹了口气。小小的红风筝在她心里坠落，她又开始格外想念从来都不会问这种问题的梅梅。梅梅会说：“我要变成一个西瓜。”

“为什么？”小月会问。

“因为它们总是可以骗过人类。它们从外面看又绿又硬，但里面却是粉扑扑、软乎乎的。”

“那西瓜子呢？”小月问，“人们总要挑你身上的子儿。”

因为梅梅不喜欢被人挑刺儿——叫她收拾东西，梳好头发——所以她肯定会问能不能把答案换成无子西瓜（因为她在西尔克先生的水果店里见过那种西瓜，却没有尝过，她妈妈说那种太贵了）。

然后小月会说不能反悔。

不过，卡斯珀不是梅梅。卡斯珀就是卡斯珀。也许，拿苹果跟橙子做比较是不公平的，或许她压根儿就不该提水果。小月想到了别的问题。

“你家的狗叫什么？”

“波妮。”

“它很可爱。”小月说。

“不好意思。”他说，“我得找样东西……在这里面。”

卡斯珀的脑袋在书包里埋得更深了。小月感觉自己的袜子开始往下滑，她朝窗外望去。

那只乌鸦在啄一个纸袋。

放学后，卡斯珀顺着斜坡往下走。小月跑着追上他。她实在憋不住了。

“你真的一件事都想不到？”

卡斯珀看起来并不惊讶。这次他完全知道她在说什么。

“能啊。”他盯着自己的脚说，“我很清楚自己想要什么。”

“那你为什么不写？”

“因为那都是不可能发生的事情。”卡斯珀说，“所以我懒得给自己希望了。”

小月明白了。

失望让人受伤。但爷爷以前说过，希望总是有的。希望

的种子可以在最黑暗的地方存活——在破碎的心最深处的小洞和裂缝里面，被眼泪滋养，被勇气推动，缓慢迂回地向着光明生长，直到它们在心里开花，长成某种意想不到的新东西。她没跟卡斯珀说这些，只是啪地把橡皮蛇糖果扯成两半，将长的那一截递给卡斯珀。不过，挥手告别时，她还是很好奇卡斯珀希望发生什么样的事情。

回家路上，小月把自己曾经希望发生的事都想了一遍。是希望让小草生长，让

波浪涌起，让宝宝站立。当小草被踩、波浪落下、宝宝摔倒时，是希望让他们重新直起身子。是希望让天使男孩“飞翔”，让他相信有一天他的脚跟真的能够离开地面。

第二天早晨。小月看看手表。还很早。卡斯珀来得也早。

“嗨。”卡斯珀说。

“你好呀。”小月说。

卡斯珀把手里正准备打开的书包放下了。

“你听见昨晚的风了吗？”

小月点点头。

“我以为屋顶要被掀翻了！”她说。

卡斯珀用脚聚起一小堆树叶。

“真吵，我特意去看是不是阿涅摩伊在花园里。”

“那是谁？”卡斯珀问。

“是风神。我喜欢希腊神话。我有一本书讲这个。你什么时候想看，我借给你？”

“好啊，谢谢。风神是什么样的？”

“噢，这要看他们是从哪个方向来了。波瑞阿斯是北风，所以他冷若冰霜。还有泽费罗斯，他是暖和一些的西风——”

“早啊，马格诺利月。早啊，卡斯珀。”霍金斯先生说着，从他们身边经过，打开了教室的门。他头上的自行车头盔还没摘下来。

小月坐到课桌前，卡斯珀的书包依然塞在他座位底下。

“那个挂钩没有人用。”小月说，“我挂钩边上的那个。”

小月把卡斯珀带到墙边，帮他把书包挂上去。

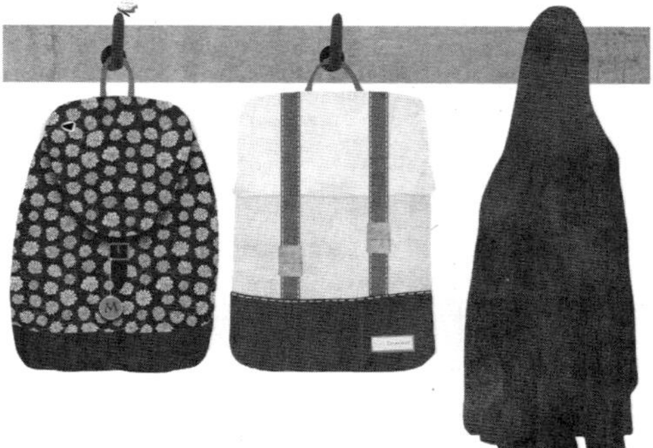

“我能跟你讲个秘密吗？”卡斯珀悄声说，耳朵尖变成了粉色。

“要是你愿意的话。”小月透过像甲壳虫一样乌黑发亮的头发盯着他说。

“我昨天确实什么都没写，但如果我写了，我觉得今天就能划掉一件事了。”

小月的脚趾动了动。她的眼睛闪闪亮。

“我也是。”她说。

那只乌鸦从教室窗外跳过。它对着一颗桃仁啄了一下，大声鸣唱起来。

“你觉得它在说什么？”小月问。

卡斯珀歪着脑袋仔细听：“它说桃仁很好吃，但我更爱吃油桃。”

小月看着卡斯珀，嘴巴张成一个圆。

“跟你说，我会讲乌鸦语。”卡斯珀说，“狐狸语也会。要不要我教你？”

小月大笑起来，她弹簧般的头发也跟着蹦蹦跳跳。

她能从秘密信封里的清单上划掉两件事了，还早了整整一年呢。小月现在觉得，早到也挺好的。

在高高云层之上的某个地方，一只小小的红风筝猛地俯冲下来。

第三章

一首秘密的歌

小月喜欢爬到父母床上去。它恰好可以容下他们三个人。每个人在这片“宇宙”中都有自己的位置。妈妈在左边，爸爸在右边，小月在中间。她很爱那缀满星星图案的靛蓝色被单，看上去就像是一片广阔而古老的星空。

小月在星星中游过，寻找她的位置。妈妈唱着小月的歌。一首只属于小月的歌，关于小月亮的那首。她就是这样得到了她心爱的小名：小月。不过，要是她闯祸了他们就不会这样喊她。

“小月，我们能给你讲个秘密吗？”爸爸悄声说。

“要是你们愿意的话。”小月说。

“天上要出现一轮新的月亮啦。你要当姐姐了。”

小月坐了起来。她喜欢小宝宝，尤其是菲力——梅梅最小的弟弟。

他整个人都圆乎乎的，红扑扑的，像颗小圣女果。小月爬过自己堆起的一圈枕头，想看个究竟。

“你好呀——”她把嘴贴到妈妈的肚子上喊道。

没人答应。

“你给人的感觉有点儿不一样了。”小月说着挪到妈妈胳膊底下，寻找她平时可以像一块拼图那样嵌入的位置。可她找不到了。

“刚开始很多事情会感觉不太一样。”小月妈妈说。

“哪些呢？”

“呃，”小月妈妈说着瞥了小月爸爸一眼，“刚开始会更忙一些，更吵一些，更乱一些……”

小月松了一口气。84 号番红花小屋是她心目中最忙、最吵、最乱的地方，所以没什么好担心的。

“还会更挤一些。”小月妈妈说，“以后你们要睡在同一间屋子里。”

小月努力把叹出来的那口气往回吸，腮帮子鼓得都要爆炸了。

“就像每天晚上都有朋友来过夜那样。”小月妈妈赶紧补上一句。

小月放心了，不再追究。她喜欢有朋友来过夜。

“还有呢？”

“很难说。小宝宝们常常按自己的方式做事。小宝宝们还很爱惊喜。”

小月眉开眼笑。她也很爱惊喜。

“小宝宝什么时候来呀？”

“再过六个月就出来啦。”小月妈妈说。

“六个月！”小月叫道，“可如果你是一只臭虫，那就是一辈子啦。”

“还好你不是臭虫。”小月爸爸说，这么一想，他浑身都发痒，“你该睡啦。明天你有重要活动呢。”

回到自己屋里后，小月在窗口找寻那张熟悉的脸。但夜空却是一片云的海洋。

“你好呀——！”她喊道。

没人答应。

找不到月亮，她又喊起阿特拉斯。

“来呀——！”

没人答应。

它现在肯定在外面夜间漫步。小月竖起耳朵去听梅梅家熟悉的风铃声。可一点儿声音都没有。他们搬家的时候把风铃带走了。一切都在改变。尽管想到要当姐姐了能让她在黑夜中露出微笑，但她心里一小片布满阴影的角落里，却响起了一首秘密的歌。因为小月喜欢当家里唯一的小月亮。她喜欢自己习惯了的生活。

小月早早醒来。一个念头像豆苗似的从她脑袋里钻了出来。就是今天！

她飞快地跑下楼，小心翼翼，尽量不在木头老楼梯身上踩得太重，以免把它吵醒——它早上总是板着脸，气鼓鼓的。

“就是今天！”她对每一个想知道的人说。不过阿特拉斯不想知道。爸爸在练习双簧管，妈妈在淋浴。

但这不要紧。因为今天她就能坐车去巴罗看梅梅了。今天她就能看到梅梅许诺要找到的那棵新许愿树了，她们会一起倒挂在上面，讨论她们要变成哪种水果，发明哪种新动物。今天将会和梅梅搬走前的日子一模一样。小月急急忙忙地上楼换衣服。

“呜呜！”楼梯直抱怨，因为小月两级并作一级地往上跑，“慢一点儿哟。”

小月妈妈也在楼上提醒小月慢一点儿，两个女孩只是三个星期没有见面而已。但小月还是慢不下来，因为如果你是一块肥皂，那可就是一辈子了。

去巴罗的路绵延数公里。她们路过农场、围栏与河流。

这是一段很长的车程，而且妈妈不能久坐，于是路程就变得更长了。在妈妈身体里生长的小宝宝让她腰酸背痛，脚踝发肿。所以小月和妈妈在路上停了四次，站在路边舒展筋骨。她们采三叶草，还和附近地里的牛羊说话。

小月一到，梅梅就穿过草地跑过来。

她家房子高高的，很新，不像她从前在烟囱帽大街的那栋老屋，门前没有吱吱呀呀、布满藤蔓的走廊，没有风铃，也没有五彩缤纷的盆栽。

变的不仅仅是房子。梅梅好像也和小月记忆中的不太一样了，尽管小月还没想明白哪儿不一样。

她们眯起眼睛打量对方。梅梅好像读懂了小月的心思，把脑袋歪到一边。

“你看起来不太一样。”她说。

“你也是。”

不过一进屋，小月就闻到了贝尔家做菜时总会用到的各种香料。她认出了他们家所有的旧家具，墙上的照片，还有，叮！小月透过厨房窗户，看见老风铃就在外面，挂在花园工具棚的一根管子上。小月正准备开口说话，梅梅低低地嘘了一声。

她拉着小月的手，领小月穿过洗衣房朝后门走去。地上到处是要洗的衣物，洗衣筐里的毛巾、床单和小背心像海啸一般涌了出来。

“我们出去。”她悄声说着，跨过一堆袜子和内衣。“菲力在睡觉。又在睡。”梅梅翻翻白眼，“不过他昨晚没怎么睡。今天每个人脾气都不好。就连欧尼都是。要是我再把菲力吵醒，他们肯定更暴躁。他们现在总是跟我生气。”

这听起来可不妙，小月想。也许她其实并不喜欢小宝宝。她可不希望爸妈有了小宝宝以后冲她发火。她不喜欢他们不高兴时妈妈紧绷的嘴唇和爸爸拧起的眉毛。他们说以后会不一样，或许就是这个意思。不过事情已经发生了。就连梅梅都不一样了。小月内心深处的那首秘密歌曲有几个音符掠过她的心头。它的节奏让她觉得步子迈不开，肩膀沉甸甸的。

小月和梅梅站在晾衣绳底下，脚挪来挪去。

“我能跟你讲个秘密吗？”梅梅说。

“要是你愿意的话。”小月说。

“我没能给我们找到新许愿树。”

“噢。”小月说，一缕小卷发失望地散开了，“没关系的。”

她们怯生生地对视了一眼，不确定接下来该做什么。

“你想喝点儿什么吗？”

“好哇，谢谢。”

梅梅走进屋，摇摇晃晃地端着一个重重的托盘回来了。她给小月倒了一杯柠檬汽水，递上一碟撒着粉色和白色糖霜的小饼干。

“你猜怎么着？”小月说着拿起一块饼干。

“你要和一只名叫阿方西的獾一起乘热气球环游世界？”

“不是。”小月泄气地说，“我妈妈要生小宝宝了。”

“哇哦！”梅梅说，“那更好呢。”

小月将信将疑。

“你喜欢这里吗？”她一边说一边把饼干屑从胸前掸开。

“还行。我想你，想我们的许愿树。但是这里也有好东西。”

“什么样的好东西？”

“啊，住在楼梯底下的那条蜥蜴，一堆老砖头，午夜列车，还有一大丛长着神奇小红果的灌木，你可以摘果子做颜料。”

小月快活起来了。这些的确是好东西。她也喜欢火车哐哧哐哧的声音。而且她从来没做过颜料。

“不过小鸟爱吃浆果，还总要坐在晾衣绳上，洗干净的床单都染上了红点点，我们总要一遍又一遍地洗。爸爸学蛇的咝咝声吓它们，还跳那种特别傻的舞。但它们理都不理。”

小月抬头看看空荡荡的晾衣绳。她的脚趾动了动。她的眼睛闪闪亮。

“你这是要做什么？”梅梅喊道，而小月正在把一堆床单从洗衣房往外拖。小月把床单夹在晾衣绳上，让它们垂下来，就像一件春日叶片做的斗篷披在了光秃秃的冬日树干上。

然后她顺着水泥路拖来两个牛奶筐，在其中一个上面躺下，脑袋倒垂着枕在草地上。

“一棵许愿树！”小月咧嘴笑道。

梅梅也咧嘴一笑，像小月那样躺下。她们倒挂在“许愿树”上晃悠，盯着上空一小片一小片的蓝天。很快，鸟儿也加入进来，在她们上方啾啾叫，尖嘴巴染着鲜红的果汁。

小月看着挂在她身边的梅梅，发现梅梅其实还是老样子，一点儿都没变。小月这才想到，这完全是因为她看惯了朋友倒挂的样子，猛然看到站立的她反而会惊呆。

“我要变成一颗牛油果。”梅梅说。

“为什么？”小月问。

“因为你可以过上水果和蔬菜的双面间谍生活，能看到另一边的情况，然后回来做汇报——把沙拉碗搅得天翻地覆。就像是一个秘密沙拉特工。”

“牛油果到底是水果还是蔬菜？”

“说到点子上了。这是个谜。”

小月思考一会儿，然后才说自己的想法。

“我要变成一个芒果。”

“你会后悔的。”梅梅说。

“为什么？”

“因为牛狳就吃这个。”

“那是什么？”小月问，她的头发兴奋起来，扭成更像弹簧的小卷儿，因为一切又像以前一样了。

“一半是犰狳，一半是野牛。”

小月点点头说，要是那样，她还是变成蜜瓜好了。不过，小月当然早就知道牛狳是什么了，她家花园里就有两头。还有一只海象烈鸟。

但那是一个秘密。

第四章

一次秘密的度假

小月把鼻子贴在厨房窗户上，从一边扭到另一边。她在努力逗妈妈笑。妈妈的脸上开始绽放花朵，眼睛也亮起来了。但无论小月扭得多卖力，包围妈妈眼睛的黑眼圈就是不肯让步。

小月走进屋，深深鞠躬。

“我能有幸与您共舞一曲吗？”她说着啪的一声合上让妈妈直皱眉的烹饪大全。今天轮到小月爸爸做晚饭，可他又加班了。

“请吧。”小月妈妈一边行屈膝礼，一边把平底锅的锅盖当作扇子扇动着，“当心我的豆子。”

妈妈的厨艺糟透了。她一做饭脸就会涨成粉色，在厨房里呼哧呼哧喘的气能吹灭蛋糕上所有的蜡烛。

她们来到街上，顺着斜坡一路跳起波尔卡舞。脚跟，脚尖，脚跟，脚尖，路过商店橱窗和卡斯珀·斯隆家门口，滑行，滑行，滑行，滑行，过了小桥来到中心广场，拍拍两只手，再拍几下膝盖，然后在喷泉式饮水器边停下喝点儿水。

“右！”小月喘着气使劲让妈妈向右转。

“左！”小月妈妈哼哧哼哧地让小月向左转。

她们沿着斜坡下来。脚跟，脚尖，脚跟，脚尖，一路跳回去。跃过蚂蚁。踢飞树叶。只有在跟卡斯珀招手的时候停了一下。然后她们继续跳，滑行，滑行，滑行，滑回 84 号番红花小屋。大家一眼就能看见她们，她俩笑得可欢了。

晚餐后，小月和阿特拉斯一起坐在窗口，竖起耳朵听，像奶奶那样“把感官磨锋利”。她等不及要听到外面石子儿路上的嘎吱嘎吱声：她爸爸踏着花园小径走来的重重脚步声。但她只听到了自己心中那首秘密的歌曲，在某个布满阴影的小角落里响起来。

“雪花莲！”妈妈把豆子盛出来时就已经发火了。小月一听就知道爸爸晚上不回来吃饭。这是她们的暗号。小月爸爸是簿记员，这个岗位的英文单词听起来就像是“图书守护者”。至于他到底没日没夜地在办公桌前干什么，小月也不知道。她卧室的架子上有一些书，可它们不怎么需要守护，只需要偶尔轻轻地掸灰。她只知道，她爸爸总是很辛苦，他的工作永远都做不完。他永远都是急匆匆地往外冲，出门前在她们额头上像雪花飘落一样落下几个吻。所以她们约定了这个暗号：雪花莲。因为她爸爸就像这种春天的花朵一样，匆匆忙忙地冒出来然后消失。每当小月妈妈被她来去匆匆的丈夫惹恼，就会大声宣布自己对这些烦人小花朵的厌恶。她发誓绝不在花园里种雪花莲，就连最深处没有人去的杂乱野生丛林里都不会种。

“有什么意思？”她会这么说，“你还来不及好好看一眼它们就死了。”

“但它们没死。”小月爸爸会这么说，“它们只是回到根部，过个暑假而已。”他也曾经许诺他们夏天要一起去度假的，等天热起来就去远方旅行。不过，他们从没去成。他总是忙忙碌碌的，疲惫不堪。

“小月，我能跟你讲个秘密吗？”妈妈说着在小月身边一屁股坐下来。她整整一个星期都在教钢琴课，手指又酸又痛。

“要是你愿意的话。”小月耸耸肩，把头发从眼睛跟前吹开。

“星期六是爸爸的生日。”

小月喜欢生日，不过她自己的还要等上一阵子。小月掰起指头算。星期三，星期四，星期五，星期六。还有三天可以准备。

“为什么是秘密呢？”

“因为爸爸觉得是。他把它从日历上擦掉了。”

“我们应该给他送礼物呢。”

“问题就在这儿。他把它当成秘密，就是不希望我们为他花钱。我们在攒钱。”

“我们要给他准备点儿什么，一些他能用得上的东西。”

阿特拉斯抖了抖耳朵。妈妈瞪圆眼睛。小月蹦起来。因为他们听见外面传来一阵嘎吱嘎吱声，重重的脚步声落在了花园小径上。

小月在房子边上的垃圾桶倒垃圾时，看见老朋友挂在空中。今晚月亮差不多已经圆了，尽管边缘有些模糊不清。它边上是金牛座——那头由星星组成的公牛。小月奶奶跟她讲过塞鲁斯的故事，那头疯狂的公牛控制不住暴脾气，会摧毁一丛丛鲜花，吓坏村民。女神珀耳塞福涅懂它，能让它冷静下来，哪怕公牛不会说话。他俩成了好朋友，每年春天她都骑在牛背上。他们一起为花朵注入生命。小月那本希腊神话书就是上一次过生日时奶奶送她的。听完这个故事以后，小月邀请阿特拉斯骑到她背上去花园里遛一圈。但它不感兴趣。

小月透过窗户望着正在小口抿着一杯热茶的爸爸。妈妈躺在他身边，边读报纸边吃薄荷巧克力。尽管他们看起来心满意足，黑眼圈却似乎越来越深了。

爸爸过生日需要什么呢？小月想，需要的是一次充满异国风情的度假。再过几个月宝宝就要来了，而她父母上次度假还是在她出生之前。她看过照片：在沙滩上，妈妈戴着一顶大宽檐帽，爸爸从一只插着小伞的椰子里喝椰汁，他们看起来开心极了。

如果爸爸能享受一次充满异国风情的度假，就可以睡午觉，品尝不同的食物，认识新朋友，试试以前从来没有做过的事情。(奶奶说异国风情的假日就是这样的。)但度假很贵，她也知道妈妈会怎么说。一阵哗啦啦和哐啷啷的声音响起，是阿特拉斯沿着花园墙根缓缓走过，撞翻了垃圾桶的盖子。

小月的脚趾动了动。她的眼睛闪闪亮。或许他们哪儿也不用去就能享受假期。或许他们在 84 号番红花小屋就可以度假。花园好像突然活了起来，竖起耳朵听。花儿们点头摇摆。月亮在秋日的微风中轻轻摇晃，因为这个主意真的很不错。

第二天早晨上学途中，小月走在长长的苹果哨小路上。她在小牧场边停下，看着一只小鸟站在华盛顿先生的独眼老马托比背上。小月看着托比和小鸟走向它用来当水槽的生锈的四脚浴缸。她喜欢托比马蹄后面长长的毛和毛茸茸的粉色鼻子。

围栏很粗糙，有些地方开裂了。小月用手指顺着木头摸下去时忽然想起，昨晚她忙着策划爸爸的秘密假期，把“意外的宝贝”忘得一干二净。今天轮到她带东西去和班里的同

学分享。上周卡斯珀·斯隆带了他从他们家树上找到的番荔枝，佩吉·斯莫尔带的是自己换下的一颗牙。

她四下张望，希望找到某种新奇的花朵或种荚。然后她注意到围栏上挂着一块弯弯的马蹄铁。完美。小月把它放进包里。然后她犹豫了。华盛顿先生会介意吗？华盛顿先生什么都能注意到。小月认为最好还是先问问，她踏着开裂的台阶朝他家走去。但就在敲门的时候，小月想到她还有一个问题要问华盛顿先生。

那天放学回家，小月到处找妈妈。

“星期六我能邀请卡斯珀·斯隆来玩吗？”

“当然。”妈妈说，“我每次见到卡斯珀都很开心，你爸爸还没见过他呢。”

就因为这个，小月心想，她又从清单上划掉了一件事。

星期六，卡斯珀·斯隆十一点到了小月家。

而且就像小月计划的那样，卡斯珀带了一些他分享“意外的宝贝”时拿出的番荔枝。

“你好啊，卡斯珀。”小月爸爸伸出手说，“见到你真好。”

“天哪，那是什么？”小月妈妈说着从卡斯珀手中接过一个番荔枝，“是菠萝吗？”

“不是。”卡斯珀说，“这些是番荔枝。我们家树上有很多。”

“我还从没尝过番荔枝呢。”小月爸爸摸着水果长着鳞片的表皮说，“看起来就像迷你小恐龙。”

“它们黏糊糊的。”卡斯珀说，“但是味道不错。”

小月爸爸露出微笑，他正准备在桌前坐下，却被小月一把抓住胳膊拖到外面去了。

“我们这是要去哪儿？”他们朝花园最深处走去时，他不确定地望着那片长满杂草、树枝错综缠绕的丛林问道。

“去一个充满异国风情的地方。”小月说，“走过去可不行，得骑马。”

“骑马？”

他还没来得及继续提问，两只尖耳朵已经探进围栏来了。

小月打开门。华盛顿先生和托比等在门口，来得正是时候。

“有没有骑过不用上马鞍的独眼马？”华盛顿先生咧嘴

一笑。

“还真没有呢。”小月爸爸说着也咧嘴笑了。爸爸喜欢马。

小月找来一个牛奶筐给他垫脚。阿特拉斯发出了嗞嗞声。看着小月爸爸努力把一条腿跨到托比背上，小月妈妈也笑得很开心，连她的黑眼圈都不见了。

等爸爸成功地驾驭托比绕晾衣绳走了两圈之后，他在小月铺在丛林里的垫子上躺下，揉着酸疼的屁股。

小月拿出一个裹着报纸的小包裹。

“为什么给我这个？”爸爸说。

“不为什么。”小月说。

爸爸打开包裹，欣赏起他的新马蹄铁，这象征着好运。

“祝我好运！”他说着把它举起来，“虽然我感觉自己已经很幸运了。”

接下来小月在番荔枝顶上点亮了一支蜡烛，小月妈妈、卡斯珀·斯隆还有华盛顿先生唱起了《周六快乐歌》和《他是一匹快乐的骏马哟》。

然后小月妈妈戴上她大大的宽檐帽，完全放松下来了，她甚至似乎都不介意华盛顿先生带来当礼物的那一包雪花莲球根。午后剩余的时间里，小月爸爸一直在希斯镇最有异国风情的地方打盹儿，品尝没有吃过的食物，和他的新朋友卡斯珀聊天，努力不让自己从托比背上掉下来。

这是他们最棒的一次度假，而且一分钱也没花。

妈妈眨眨眼。

小月也眨眼回应她。

第五章

一句秘密的话

小宝宝随时都有可能到来。小月踮起脚尖走在过道里。她能听见爸妈在楼下说话。他们在收拾妈妈去医院的行李，悄声说着秘密的事情。这已经是他们本周第三次打包了。这个宝宝似乎就是拿不定主意，他们都白跑两趟了。

她先把一个脚趾放在螺旋木头楼梯最上面一级，然后慢慢地把整只脚都搭在冰冷的木头上。楼梯大声咳嗽出卖她。

“马格诺利月？”妈妈喊道。

“请回到床上去。”爸爸喊道。

“打小报告！”她生气地悄声说着把脚从楼梯身上移开。

“鬼鬼祟祟！”它也生气地小声回应。

小月不明白自己哪里得罪楼梯了，它到底看到了什么、听说了什么，偏要跟她作对。大部分时候，小月上上下下，它一声也不吭。默不出声，纹丝不动。但只要她想悄悄通过，偷听谈话，楼梯总是明白她的小心思，它会嘎吱作响，大声抱怨，把一切搞砸。九岁半真不容易啊。

早上，小月爬起来去爸妈的床上。可是靛蓝色的被单上是空的，星星拧作一团。她想钻到星星里面去，听妈妈唱歌。

这下一切都会不一样了。一首忧伤的小调拨动了她的心弦。

“妈妈？”她放声喊。

没人答应。

“爸爸？”

一片沉默。

然后厨房里一阵沙沙响。

“阿特拉斯？”

“约德尔——阿依——嘿——呼！”

小月咧嘴笑了。奶奶来了。

“啊哈！”小月奶奶说着在路边蹲下，“蓝带蜜蜂，还正巧在睡觉呢。”

小月凑上去看。这真是她见过的最漂亮的蜜蜂：金色的绒毛，绿眼睛，玻璃纸一般皱巴巴的咖啡色翅膀。它闪耀着光泽的黑色腹部上有一道道鲜艳的蓝绿色条纹，这让它看起来像极了奶奶的什锦甘草糖。

“这是一种喜欢孤独的蜜蜂，自己做窝，不住在蜂巢里。”

小月奶奶趴到泥土上，从稻草帽上拔下一支铅笔，激动地在笔记本上画起速写。奶奶是个业余昆虫学家，小月知道这是一种漂亮的说法，意思是奶奶喜欢了解昆虫和环境。

小月特别喜欢奶奶送她上学。路上花的时间是平时的三倍，她们也总是会迟到。但最快活的还是去奶奶家，和她吵吵闹闹的“大家庭”住在一起。那里有她的乌鸫鸟费加罗，她的猫咪翠西和伊索，还有她的猪，蝴蝶夫人。

小月奶奶十分疼爱蝴蝶夫人。有一次小月甚至发现它睡在奶奶的床上，而奶奶自己却铺了块垫子睡在硬邦邦的木地板上。

“可怜的家伙心情不好。”她说，“要好好宠爱一下。”

“你们不能一起睡床上吗？”小月问。

“我们试了。”她说，“但它总是抢毯子。把贪婪的人叫作猪不是没有道理的！”

她扑哧一声笑出来，拍打着膝盖，笑得特别厉害，一颗扣子都绷开滚到地上了。

“小宝宝今天回来吗？”小月问，眼下她们已经走到希斯镇小学的大铁门处了。

“也许今天，”奶奶说，“也许明天。宝宝们总是按自己的方式做事。”

这话小月有点儿听腻了。

然后小月奶奶定住了，鼻孔朝天。小月知道奶奶正在“把感官磨锋利”。

“嘘。”奶奶说，“听。”

“怎么了？”小月说着把彩虹色的围巾在脖子上绕得更紧了。

“风。”奶奶说，“它在跟你讲一个秘密。”

小月仰望冬日的天空。它好像有点儿不一样了。它里面有生命在咚咚响，滋滋叫。她仔细听，分辨每一种嗡嗡、咔嗒和啾啾声。四周的一切都在往家赶，找寻可以停留的地方。

小月的脚趾动了动。她的眼睛闪闪亮。

小宝宝今天就要回家啦，小月想。小宝宝出生了。

小月盯着手表。十点。还是十点。她吹吹手表的指针——想哄它们快点儿跑。它们不听她的。

“几点啦？”小月小声问卡斯珀·斯隆。霍金斯先生刚停下讲课，去帮助不小心把鞋带钉在一起的阿德·马奇。

“十点。”卡斯珀说，“你手表坏了？”

“没。”小月说，“我指望你手表显示的时间不一样呢。”

小月叹了口气，她的膝盖不耐烦地在桌子下面扭来扭去。离放学还有五个小时，如果你是一座沙子城堡，那也就是一辈子了。

她望着窗外空荡荡的操场。六年级学生很快就要出来吃点心了。他们总是最先出去。这时有样东西吸引了她的眼睛。

操场不是空的。椭圆形跑道边缘有一尊雕像，一道长长的影子在草地上铺开。然后这尊雕像动了。小月站起来，她的心怦怦直跳，她认出了那个高高瘦瘦的身影，认出了他脖子优美的弧线，以及像蛛网一样舞动的头发。

“好啦同学们，”霍金斯先生的声音把小月从幻想中惊醒，“你们可以出去了。离开教室的时候带走一样垃圾就好。”

她身后传来一阵大笑，因为佩吉·斯莫尔和沃伦·斯诺朝着地板上同一个卡纸盒子俯冲过去。

“打扰一下。”小月对拿着扫帚走过来的霍金斯先生说，“您知道那个男孩是谁吗？”

霍金斯先生眯着眼睛往窗外看。

“那是鲁本。”他说，“新转来的六年级学生。”

“鲁本。”小月轻轻重复道。这个名字给人的感觉顺滑而富有弹性，就像一根面条。

她从地板上捡起一片纸和一些铅笔刨花，又回到窗边继续看。

“各就各位。”小月低声说。这时鲁本正举起胳膊，下巴朝天仰起。

“预备……”她说。只见鲁本蹲下，把自己像上弦的箭一样往后拉。

“马格诺利月？”卡斯珀站在门口喊她。

“来啦。”她朝着朋友挥挥手。

但就在她转身的那一刻，鲁本不见了。

然后她又看见他了——地平线上的一个模糊小白点。

奔跑。飞翔。

像天使那样。

放学铃声一响，小月拔腿就跑。她嗖嗖地穿过学校后面齐腰的草丛，根本就没察觉到小腿上的擦伤、湿漉漉的鞋子，还有粘在她手指关节上的刺果。她一路跑，跳过布满青苔的石头和树桩，同掉落的树枝扭打。她想象自己在和鲁本赛跑，她骑在希腊神话书封面印着的那匹巨型飞马珀伽索斯背上。神马后腿直立，扬起蹄子，小月骑在它宽阔的背上，双腿夹紧。

当他们沿着烟囱帽大街翱翔，直飞到84号番红花小屋时，小月看见奶奶的牛仔靴从菜地里伸出来。她正在把一条毛毛虫放进西蓝花里，而不是把它取出来。小月奶奶不相信食物链，她认为毛毛虫和其他生灵一样，也有饱餐一顿的权利。所以奶奶家从来都没有蔬菜吃，虫子把它们吃得干干净净，小月并不介意。

“他们回来了？”小月在大门口喊道。

“你自己看呀。”奶奶说着咧嘴一笑，挥舞着她的帽子。

小月把书包往地板上一扔，直接飞上楼。

“停下！”楼梯嘎吱叫。

“停不了！”她靠在珀伽索斯的脖子上吼道，飞马的白色鬃毛抽打着她的脸。

然后她听到了一首歌。小月停了下来。这首歌她十分熟悉。那是她知道自己要当姐姐以后就一直在心里响起的那首秘密歌曲。只不过，这首歌曲现在不在她心里，也不在她的脑子里。是爸爸妈妈在唱。

她循着声音走过过道，走到父母卧室。她探头往里瞧。他们正对着抱在他们中间的一个小小黄色婴儿包哼唱。他们在唱她的歌。只属于她的歌！关于小月亮的那首。小月不想飞了。

“来打个招呼吧。”妈妈说着拍拍缀满星星图案的靛蓝色床单。小月做不到。再说了，床上根本没留地方给她坐。天上哪能容得下两轮月亮。

“认识一下芬尼。”

小月又向前迈了一步。透过书架，她看见小婴儿有一只小小的鼻子，软软的、胖嘟嘟的脸颊，两簇漂亮的睫毛就像蕨类的羽状叶片。

“你想抱抱他吗？”

小月不确定。

妈妈向左挪。爸爸向右挪。小月游过星星寻找她的位置。床上恰好可以容下他们四个人。每个人在这片“宇宙”中都有自己的位置。小月妈妈在左边。小月爸爸在右边。小月在中间，她腿上是芬尼：一个点亮天空的金灿灿的小婴儿包。他闻起来就像青苔和夏日的雨水。她把他的小手握在自己手里，他的手指缠住她的大拇指，然后她也加入一起唱。她可以教他认字，教他怎样爬树，教他怎样把名字反着写，告诉他哪里有蓝带蜜蜂，教他怎样沿着斜坡和希斯镇的街道跳“脚跟脚尖波尔卡”。一切都会不一样了。但有些事，或许永远都不会变。

小月俯下身子，对着他的耳朵悄悄说了一句秘密的话。

尽管这个秘密像波纹一样从他亮晶晶的黑眼睛前一闪而过，他却什么也没有说。

因为守护秘密是芬尼的拿手好戏。

第六章

一个秘密的幽灵

小月的新窗帘上有黄色小雏菊。最先看到它们的是月亮。小月从 84 号番红花小屋楼上的窗户探出脑袋时，月亮还看到了她牙齿中间的缺口。但这是一个秘密。梅梅坚信是她第一个看到的。

月亮和小月常常在一起窃窃私语。在小山丘顶上。在床尾，他们努力不笑出声，以免吵醒她睡在走廊尽头的房间里、总是流口水的弟弟芬尼。他们爱做的事情一模一样，比如隔着窗户偷看，在黑暗里悄悄溜出来偷听重要的谈话；他们都不怕黑。和月亮一样，小月也有许多张脸。他们都很擅长模仿。你绝对猜不到他们要模仿谁。这个星期以来，他们已经学了兔子、甲虫、狐狸、熊、狮子和蟾蜍，具体是什么，要看你问谁。可是如果你问小月，她才不会告诉你，连梅梅她也不说的。

“我家房子里有一个幽灵。”梅梅说。

“真的幽灵？”小月问。

“我觉得是。”梅梅说着把小月卧室里的一条新窗帘裹在自己身上。

“你怎么知道的？”

“我能听见它。每天夜里走廊都有窸窸窣窣的声音，还有一道白光闪过我的门口。”

“你试着抓过它吗？”

“还没。”梅梅叹气道，“太吓人了。我希望我的窗帘上也有黄色小雏菊。我们家的是吓人的棕色旧窗帘。幽灵爱往里面躲一点儿也不奇怪。”

小月点点头。她不相信有幽灵。不过，如果她相信，肯定先去棕色的旧窗帘里找。早上她打算问问父母下周五晚上她能不能接着去梅梅家留宿，那样她就可以自己亲眼看一看了。不过，现在有更重要的事情需要讨论。

“我要变成一个火龙果。”小月倒挂在她床上说。

“它们会喷火吗？”挂在她身边摇晃的梅梅问。

“会。”

“我要变成一个苹果。”梅梅说。

“为什么？”小月挠着阿特拉斯的下巴问。

“因为那样就能不停地改变自己的形象。你总能尝试新花样。苹果酱，苹果派，苹果沙司，苹果蛋糕。苹果可以做成各种东西。”

“你也可能被丢在一个臭烘烘的书包角落里，被人忘掉，因为大家都吃腻苹果了。”

“确实，我可以反悔吗？”

“不，你不能。”

小月醒来的时候，妈妈正在走廊上来回走动，拍着芬尼的屁股，做着滑稽的弹簧式下蹲起立。他现在发出的是快要睡着时的像羊羔一样咩咩的叫声。小月觉得这比他牙痒痒时怒气冲冲的凤头鹦鹉般的尖叫要好多了，不过大部分时候都是后一种叫声。

小月盛出早餐，给梅梅多添了一块吐司。然后她决定还是把这块留给妈妈，因为大黄果酱或许会让她心情大好，同意再来一次留宿。

小月把抹好黄油和果酱的三角吐司留在木头螺旋楼梯最

底下一级。

“小心点儿！”楼梯咆哮道。

“噢，嘘！”小月生气地低声回应。

芬尼出生以后，楼梯的心情就一直很坏，因为半夜里总少不了那些弹簧式下蹲起立。小月深夜溜出来时，它的嘎嘎抱怨声比以前更响亮了，下定决心要出卖她，阻止她偷听重要的谈话。

“可以。”妈妈说，她已经瞥见小月在楼梯底下晃悠了。

“啊？”

“梅梅已经问过我了。”

“谢谢妈妈！”小月尖叫起来，把盘子从楼梯最底下一级滑下来，然后冲进厨房。

“但是留下吐司！”

星期五，贝尔家晚餐吃的是咖喱鱼。小月喜欢他们家厨房里的气息，闻起来都是香草和香料的味儿。小月看着贝尔先生把一丝丝金色的藏红花扔进装着肉挂、孜然和小豆蔻豆荚的冒泡炖锅里。小月把她那份咖喱鱼吃得干干净净，又舀了一勺椰浆米饭才把咖喱汁拌完。然后她又把梅梅四岁的弟弟欧尼剩下不想吃的那份也吃掉了。

该上床睡觉了，小月听着梅梅家花园里挂在工具棚管子上的那串风铃。

“赶走幽灵最好的办法就是吓唬它。然后它就不会回来了。”梅梅说。

“怎么吓呢？”

“每个人都会害怕点儿什么。只要知道是什么就行。”

“你怕什么？”小月问。

梅梅想了一会儿。“烟熏牡蛎，樱桃味的咳嗽药水，三角学。”

“我也是。”小月扮了个鬼脸，“还有艾格斯夫人。”

梅梅一听到烟囱帽大街这个老邻居的名字就龇牙咧嘴。

她们一起哆嗦了一阵子，然后屋里静了下来，梅梅那边传来一阵轻轻的呼噜声。

但小月睡不着。月亮在窗口。她挥手致意，准备把脑袋探出去，跟它讲各种新鲜事。忽然走廊里一阵窸窸窣窣。一道白光闪过门口。

“梅梅。”小月小声尖叫，“梅梅，快醒醒！幽灵来了！”

可梅梅只是嘟哝着苹果什么的翻过身去。

就小月一个人了。她只能靠自己来捉住秘密的幽灵。

她蹑手蹑脚地走出卧室，穿过客厅。她在一片漆黑中缓缓挪动：房间是一片卷着漩涡的暗黑之海，每张沙发都是一块高耸的礁石。她摸索着探路，想象自己划着小船驶入一道窄窄的海峡。小月很想知道那些礁石下面有什么东西在游荡。那就是卡律布狄斯住的地方吗？那个她在希腊神话书中看到的张着大嘴、无法自控要吞吐海水的怪物。卡律布狄斯

住在一块小礁石底下，和住在一块大礁石里面的另一头海怪斯库拉只隔了一支箭能飞出的距离。

在黑暗中，小月能听到它们的嘲笑和讽刺，逼她在它们两个之间找出一条安全的水路。可当她远离其中一个的时候，偏偏又会靠近另一个的魔爪。

到厨房之后，她听见一声呜咽和一阵沙沙响，是从一条帘子后面传来的。小月跟上去。紧接着外面午夜列车传来一声响亮的鸣笛，她猛地拉开帘子。幽灵从她眼前飞过，小月惊讶地叫出了声。然后它停下，转过身来。她直直盯着它不安的眼睛。这双眼睛瞪得老大，惊恐万分。它上气不接下气。它穿着一套白色的带机器人图案的睡衣。

“欧尼？”

等欧尼好不容易喘过气来，他在黑暗的走廊里挨着小月蜷成一团。

“你有什么事情要告诉我吗？”小月说。

欧尼点点头。

“是个秘密吗？”

欧尼又点点头，紧张地朝卫生间望去。

小月凑上去。

“我不喜欢马桶冲水的声音。它……太吓人了。”

“是啊。”小月赞成道，“但它不是故意的。它控制不住自己，就像艾格斯夫人一样。”

“她也会发出吓人的咕噜咕噜声吗？”

“有时候会，要是你踩到她花园里的植物的话。可你只要勇敢一点儿，主动一点儿就行了。我会跟她说：‘艾格斯夫人，我现在要从你家路过，我保证不会踩到你的矮牵牛花，如果你能保证待在原地不动的话。’”

欧尼吮着自己的大拇指。

“还有，”小月说，“你是机器人呀。如果你乐意，肯定也能发出好玩儿的声音。”

小月拉起欧尼的手，把他带进卫生间，打开灯。

“晚上好，”小月说，“我叫小月。我有个叫芬尼的弟弟，一只叫阿特拉斯的猫咪，还有一颗快要长出来的新牙齿。我住在 84 号番红花小屋，我们也有一个跟你很像的马桶。现在我要冲你啦，你友好一点儿，别大惊小怪的。”

小月朝欧尼看看：“你还有什么想补充吗？”

“可能再加一点儿你之前说的那种……‘待着别动’。”

小月活泼地点点头。

“你要老老实实地待着，你不能，我重复一遍，不能跟我们进走廊。”

欧尼咯咯笑起来：“其实它听不见你说话的，是吗？”

“当然听不见。”小月也咯咯笑起来，“和艾格斯夫人一样。”小月特别怕她，路过她家烟囱帽大街的房子时都不敢大声说话。

小月按下冲水键。呼呼，咕噜咕噜。

“马桶不是活的。它只是一堆聚在一起工作的臭管子而已。”

然后她轻轻推了一下欧尼：“你试试。”

于是欧尼也做了自我介绍，然后立下规矩。他十分严肃，却很友好。这次冲完马桶，欧尼没有飞奔到客厅躲在帘子后面了，他喃喃地发出机器人的声音，一路走回他的小床。

等待欧尼入睡时，小月想，什么时候她也能为自己的弟弟芬尼掖好被角，亲亲他，道一声晚安呢？她很想这样做。

“我把幽灵吓跑了！”梅梅吃早餐时宣布。

菲力吐着舌头吹气。欧尼小口啃着他的吐司。

“什么时候？”小月问。

“昨天晚上，你们睡着的时候。”梅梅说，“我在客厅的帘子后面放了一听烟熏牡蛎。”

“你看见它了？”

“当然啦。它浑身是毛，特别大，很像斑点鳄章鱼，我叫它走开。”

“干得漂亮！”小月说，不过她很清楚，斑点鳄章鱼其实很小，而且恰好爱吃烟熏牡蛎。

“真是太吓人了。”

“每个人都有被吓到的时候。”小月说。

“对了，你知道你打呼噜吗？”梅梅说。

“我做了一个关于机器人的梦。”

“什么样的机器人？”

“一个很酷的机器人。”小月说，“也很勇敢。”

“我喜欢机器人。”梅梅说。

“我也喜欢。”小月说。

欧尼的脚趾动了动。他的眼睛闪闪亮。

他冲小月咧嘴一笑。

小月也冲他咧嘴笑。

第七章

一个秘密的身份

剪刀咔嚓，咔嚓，咔嚓。小月妈妈的吸管咕噜，咕噜，咕噜，她闪着光泽的杂志唰啦，唰啦，唰啦地一页页翻过。

小月喜欢看妈妈剪头发。她很好奇坐在高脚椅的松软坐垫上被人询问重要的问题是什么感觉。她的头发都是奶奶剪的。她坐在厨房椅上，肩头披一条茶巾，奶奶给她讲巨人竹节虫和大力士蛾的故事。说到最精彩的部分，奶奶的眼镜就会起雾，她会忘掉自己正在剪哪个部分。

今天，如果芬尼等得不耐烦，见到他变得小脸通红就哄他的任务落在小月身上。摇摇他的推车，晃晃他的大象玩偶，吐吐自己的舌头，这些都试过了。但都不管用。

“要是你愿意的话，可以带他出去散散步。”小月妈妈建议道，“走到钟楼就回来。”

小月带着芬尼一溜烟冲出美发店走上街头。小月喜欢中心广场上午忙碌的嗡嗡声，就像一支正在准备演出的管弦乐队。每个人都在调音，为乐器寻找正确的调子。等他们来到市政厅大楼前面，小月把芬尼的推车停在老天文钟下面。古老的表盘摇摇晃晃，指示天空中太阳和月亮的位置。他们惊叹地盯着装饰时钟的金色雕像：怒吼的狮子，昂首阔步的孔雀，还有哞哞叫的奶牛。但天开始下雨，于是小月把芬尼推回美发店。妈妈在前台结账。付完钱，她往小费罐里丢下一枚银色的硬币。一位戴着闪亮耳环的女士冲小月挥挥手。小月也冲她挥挥手。

“我什么时候才能自己来剪头发呢？”她们在雨中跑向车边时小月问。

“奶奶剪得很好呢。”妈妈说，“也就那一次……”妈妈的声音变弱了。

“还有另一次……”小月说。

“噢，没错。”

等他们回到 84 号番红花小屋，取出买回来的东西之后，小月在厨房桌前坐下，拿出她的铅笔。她要给梅梅写一封信。但她发觉有人在看她。妈妈站在她身后，打量着她的头

发，就好像她是一只要被修理打扮的黑猩猩似的。

“我觉得吧……”她妈妈说着从她头上拔下一根羽毛和一串常春藤，“你真是个非常负责的女孩。而且你该修剪修剪头发了。头发挡得你都快看不见东西了。”

小月已经预感到妈妈要说什么了，开始发出小小的吱吱声和轻轻的喵喵声。

“所以没准儿你可以自己去美发店好好剪一次头发。”

小月把椅子推开拥抱妈妈，她轻轻小小的吱吱喵喵声变成了响亮的欢呼。

“好啦，好啦。”小月妈妈说，“我来预约。”

“嗷，嗷，嗷。”小月一边高喊，一边拍打着胸脯。

小月跨上摆着松软坐垫的高脚椅。

“你等待的时候需要来点儿什么吗？”那位戴着闪光耳环的女士说。

小月知道自己肯定要来点儿什么，但她不知道该来点儿什么。那位女士和气地露出微笑。

“来杯水怎么样？再来本杂志？”

“好的，谢谢。”小月说。

在星期三下午独自坐在美发店里，能给人一种特别的感觉，小月感觉自己更高、更聪明了，一点儿都不像小月。望着镜中自己的时候，她看到盯着她的完全是另一个人。

接着有个人出现在她身边。他有一道在嘴角上扬的卷卷的小胡子，手上推着一辆装满瓶子和梳子的小车。

“下午好，女士。”那个人说，“我叫弗兰克，今天由我来为您理发。”

“您好，弗兰克。”小月说着伸出一只手，“我叫薇薇·温特。”

剪刀咔嚓，咔嚓，咔嚓。薇薇·温特的吸管咕噜，咕噜，咕噜，她闪着光泽的杂志唰啦，唰啦，唰啦地一页页翻过。

“今天过得怎么样？”弗兰克说，“天气真是暖和得反常。”

“暖和得反常。”薇薇赞成道，“我今天一到学校就把围巾摘了。”

实际上她脱掉的是一件套头衫，但围巾听起来更有气派。

“是啊，昨天还得裹得严严实实呢，不是吗？上学开心吗？”

薇薇点点头。

“你读……我猜猜，五年级？还是六年级啊？”

薇薇心里一阵翻腾：还从来没有人把她看成十二岁的孩子呢。

“六年级。”她还没来得及抓住这几个字，它们就从她嘴里蹦出来了。

“太棒了。”弗兰克说，“在希斯镇小学？”

薇薇点点头。

“我自己从84号番红花小屋走去学校。”她说，其实并不是这样，不过等她满十二岁就能自己走了，所以差不多是真的了。

“那你认识我儿子鲁本吧？他刚转来。他也在六年级。他刚满十二岁，不过都比我高啦。回头我让他找你玩。”

小月朝镜子里瞥了一眼。她感觉自己一点儿都不像薇薇·温特了。她感觉自己又小又傻，她想回家。

那个星期，小月看到鲁本三次。那个飞翔的男孩。那个天使男孩。他每天跑过操场时，看起来那么高大，那么优雅，小月甚至觉得他有一天可能真的会起飞，飞走。现在，小月比以前更想和他一起飞过那片秘密的天空了。有几次她真的差点儿就去了，她都走到椭圆形跑道边缘了，却被心里的某样东西拦住了。这下她再也不能和他一起飞翔了。不能，因为他现在会发现她是个傻乎乎、满嘴谎话、不值得信赖的四年级孩子，哪怕她的发型真的挺好看。

小月躺在床上，想象弗兰克回到家里问鲁本班里有没有一个名叫薇薇·温特的女孩。

“薇薇·温特？”他会说，“没这个人啊。”

弗兰克会挠挠头，捏住嘴角的小胡子。

“可我今天碰到她了呢。她住在 84 号番红花小屋。”

“噢。”天使男孩会叹口气，“那个女孩呀……我见过的。可她只是个四年级小屁孩儿。”

然后他们就会一起笑啊，笑啊，笑啊。接着弗兰克会告诉那位戴着闪亮耳环的女士。那位女士也会哈哈大笑，等到下次小月妈妈来剪头发的时候还要告诉她。小月妈妈会告诉小月爸爸，然后她会绷紧嘴唇，他要拧起眉毛，因为小月其实一点儿都不负责，他们会因为养了一个说谎的女儿而失望。这样她就得收拾背包、吻别芬尼离开家了，因为 84 号番红花小屋不再欢迎她。接下来她只好去一座小岛上生活，吃小野果，自己抓沙丁鱼当晚餐。可她不喜欢沙丁鱼。

星期五放学回家时，小月觉得一切都沉甸甸的。她的肩膀，她的书包，她的双脚。雨下了一整天，花园里的花草似乎比当天早晨长得更茂密、更热烈了。她一屁股坐在门前台阶上，把袜子里的水挤出来。妈妈正抱着芬尼上下楼梯做弹簧式下蹲起立。

“呜呼。”楼梯喘着气。

“我下午要去做头发。”小月妈妈说，“你要一起去吗？”

小月心里一沉。

“又要去？”小月说，“你上周才去过呀。”

“嗯，可我不太喜欢这种颜色。这有点儿……太显眼了。”

“我不去了。”小月说。

小月妈妈不蹲了，从门里探出脑袋。然后她走过来，把手背搭在小月额头上。

“这不像你啊。”小月妈妈说，“感觉怎么样？没发烧呀。”

“我没事。”小月说，“我只是不想去。”

“哦，那对不起了，这不是邀请，只是预告。你得跟我一起去，我需要你帮我照看芬尼。要是他哭，你就带他出去转转。他坐不了那么久的。”

走进美发店大门的时候，小月紧紧跟在妈妈身边。她往店里扫了一眼。没看到弗兰克。小月心里平静了许多。那位戴着闪亮耳环的女士在前台跟她们打招呼。

“请到这边来。”她领她们走向装着奇怪水管的池子。

小月放松下来，推着芬尼的小车向一排空座椅走去。

然后弗兰克推着他的小车过来了。

“你好啊，薇薇。”他喊道。

小月的脸抽搐了一下，挥手致意。她妈妈似乎没注意到。

“我可以带芬尼去散散步。”小月说。

“在下雨呢。”

“小雨而已。”小月说。

雨点啪啪地打在屋顶上，小月妈妈扬起眉毛。

小月叹了口气，把芬尼推到一棵大盆栽边上，装模作样地读起一本洗发水小册子，尽量离弗兰克远远的。

然后她听到了地板上吱、吱、吱的脚步声。然后是唰、唰、唰的扫帚声。弗兰克的扫帚。

小月的下巴往胸口埋得更深，盯着亮闪闪的马尾造型照片。

她的心脏怦，怦，怦。

“真是一场好雨啊！”弗兰克把一排发夹摆整齐，“我的榅桲树会很开心的。”

弗兰克冲芬尼点点头。

“小家伙挺开心的，不是吗？”

小月害羞地微笑。他继续扫地，他要把整个店都扫一遍。

“对了，我叫我儿子找你玩了。”弗兰克说，“可他不知道叫你这个名字的人。”

外面，老天文钟敲响了。她想象着钟表上的骷髅雕像们失望地摇着脑袋的样子。

小月面颊滚烫，胸口一片起斑点的红色小块涨得通红。

“不过这也不奇怪。”弗兰克继续说，“鲁本是个害羞的男孩，很少跟人说话。要是你看到他，就跟他打个招呼。交新朋友很不容易的。”

小月实在憋不住了。

“我能跟您讲个秘密吗？”小月说。

“要是你愿意的话。”弗兰克说。

吱。吱。吱。

“我其实没有十二岁……我九岁零九个月。您儿子比我高两个年级。”

唰。唰。唰。

“还有，我的名字不是薇薇。”

弗兰克不扫了。

小月盯着她的脚趾。她在想，现在爬到花盆里去是不是太晚了，或者，最好还是直接把花盆套在脑袋上？

弗兰克定了一会儿，然后继续扫。

“我能跟你讲个秘密吗？”他说。

小月点点头，依然盯着自己的鞋子。

弗兰克凑过来。

“我口袋里有一只老鼠。”

小月张大了嘴巴。她瞥了一眼他的外套口袋，口袋角落里有一个小鼓包。

“我太太昨晚放了一些捕鼠器。可怕的东西。我们家到处都是老鼠，需要做点儿什么。不过今天早晨我上班之前发现了这一只，我就是不能……唉，看看它吧。”

弗兰克把手伸进他的外套口袋，掏出一只老鼠。它有着烟灰棕色的皮毛，它的小耳朵和爪子粉嘟嘟的。

它的小鼻子一抖一抖地嗅着。

“我叫它夏洛。”

小月望着老鼠。她感觉心里的重担消失了。她想着那个天使男孩。她感觉很轻盈，好像自己也长出了翅膀，可以飞起来。明天她就和鲁本一起飞，划掉她秘密信封里的最后一个目标。他们会飞过操场，飞过大铁门和霍金斯先生的绿色自行车，顺着天空的梯子越飞越高。她会在烟囱和屋顶之上滑翔，飞过田野和小树丛，一路飞到梅梅家去；然后飞越海洋回到家，途中和月亮赛跑，掠过银色的峭壁和汹涌的波涛，飞过泥巴小路和石墙；向奶奶和蝴蝶夫人、华盛顿先生和老托比挥手；飞过卡斯珀、波妮和许愿树。她会在烟囱帽大街降落，小心绕开艾格斯夫人的矮牵牛花，然后跑过转角，回到 84 号番红花小屋，把这一切都告诉芬尼和阿特拉斯。

“你好呀，夏洛。”她说着用一根手指抚摸小老鼠丝滑的面颊。

“我叫马格诺利月·木恩。”

第八章

一片秘密的天空

午餐时间到了。

“你带了什么？”小月饥肠辘辘地盯着卡斯珀·斯隆的棕色纸袋问。才星期二，小月已经饿得想把星期三和星期四的午餐一起吃掉了，还要加一杯热巧克力。

“你猜。”卡斯珀说。

卡斯珀·斯隆带到学校来的午餐总是很有趣。他自己打包，确保当天每种食物的英文单词都是以同一个字母开头的。

昨天是“M”开头。他带了蘑菇汤（Mushroom soup）、澳洲坚果（Macadamia nuts）、燕麦坚果能量棒（Muesli bars）和麦乳精饮料（Malted milk）。

小月戳戳袋子。它鼓鼓囊囊的。

“给我一点儿提示。”

“今天的字母是‘W’。”

“W”是个好字母。小月喜欢的很多东西英文都是“W”开头的。

一首诗就这么出来了：

鲸鱼（Whales），波浪（Waves），冬天的海洋（Winter seas）。

睡莲（Waterlilies），垂柳（Willow trees）。

包装纸（Wrapping paper），女巫的魔咒（Witches' spells）。

大风天（Windy days），许愿井（Wishing wells）。

“风车（Windmills），风铃（Wind chimes），手推车（Wheelbarrows）……”小月有节奏地说着。然后她停下了，因为她觉

得嗓子有点儿痒，而且她找不到和“手推车”押韵的英文词。除非用“老西葫芦（Old marrows）”，但她一点儿也不爱吃，况且它的英文也不是“W”开头的。

卡斯珀在等着她猜，小月眯起眼睛想“W”开头的词语。她口水都要流下来了。

“山葵酱馄饨（Wontons with wasabi）、白巧克力华夫饼（Waffles with white chocolate）和西瓜（Watermelon）？”

“回答错误。”卡斯珀说着拿出各种食物，把它们在草地上摆开，“白面包配水田芥（Watercress on white bread）、核桃仁蛋糕（Walnut cake）和小麦草汁（Wheatgrass juice）。”

小月非常佩服。卡斯珀又掏出一个梨子。

“作弊。”小月说，“梨子的英文是‘P’开头。”

卡斯珀冷静地望着小月。

“这是威廉梨（Williams pear），”他说，“所以也算。你的呢？”

小月仔细看看她的午餐盒。她的午餐没那么丰富，只有一个鸡蛋泡菜三明治。老一套。因为邻居家的鸡一直下蛋，而小月爸爸也一直做泡菜：黄瓜、花菜、小红萝卜、茄子——他看到什么用什么。

“我能跟你讲个秘密吗？”小月说，她

的眼睛锁在椭圆形跑道上。

卡斯珀点点头。

“我今天要飞！”

卡斯珀看起来有些怀疑。

“我试过一次。”卡斯珀说，“我是从我家前院的一棵大树上跳下来的。真疼啊。”

小月大笑起来，舔掉核桃仁蛋糕上的糖霜，心想用焦糖糖霜是不是也算作弊，因为焦糖的英文首字母是“C”。

她一直盯着椭圆形跑道，等着鲁本长长的影子出现在草地上。今天她要和他一起跑。她要飞过他的秘密天空。她在想自己会说什么。他会说什么。你该对天使说些什么呢？小月坐下思考这个问题，眼睛一刻也没从椭圆形跑道上挪开，生怕错过鲁本。

但上课铃响了。卡斯珀打了个喷嚏。鲁本一直没出现。

“来上科学课吧？”卡斯珀说着用条纹手帕擤擤鼻子。

小月不情愿地继续站了一会儿，接着跟卡斯珀一起回班，一路扫视着排在六年级教室外面的队伍。他不在那里。

他一定是病了，小月想，我得明天再飞了。

但如果你是蜉蝣或小月妈妈的报纸，一天也就是一辈子了。

第二天早晨，小月醒来，一个想法像小鸡一样从她脑袋里孵出来了。就是今天！这是她要和鲁本一起飞翔的日子。然后那只毛茸茸的黄色小鸡向右趔趄一下，打了个喷嚏。小月把腿悠下床，她脑袋疼，她嗓子疼，她的肚子咕咕叫。小月生病了。

阿特拉斯轻快地跳到床尾的被子上，朝窗外望去。她窗帘上的黄色小雏菊好像垂头丧气的。外面，整个世界都活跃着各种可能：门闩啪啪响，大门砰砰关上，树篱中咔嚓咔嚓，牵引绳叮叮当当，小爪子嗒嗒，高跟鞋咯噔咯噔，一串串笑声飘过。明克家、斯诺家、劳森家、波莉·艾格斯家和烟囱帽大街的其他所有人都在出门。就连月亮都出门了，现在是早上八点半。小月抓起一把纸巾，可怜巴巴地打了个寒战。

然后有人敲门，爸爸带着一杯热巧克力和一套干净的睡衣溜了进来。

“啊。”他悄声说，“你醒啦。”

“我要迟到啦。”小月说着在被子里一阵扑腾。爸爸轻轻拍平被子，给她量了体温。

“你一晚上都在发烧，所以你今天要待在家里。”

“但我会错过……科学课的。”

“科学课？”爸爸问。

小月点点头。她想说“和天使一起飞”，但她说出来的是“科学课”。不过她的确会错过科学课。

爸爸从她床尾那堆皱巴巴的纸巾中清出一片地方坐下。小月接过杯子。饮料是热的，有点儿烫，顶上有朵棉花糖在浮动。她戳了戳它，把它压进巧克力泡沫中。它又弹起来了。小月的肚子咕咕叫，她把棉花糖拨开。小月一直爱喝热巧克力。真心喜爱。

“你们科学课在学什么呢？”

“水循环。”小月哑着嗓子说。

“啊。”爸爸说。他的手搭在她额头上，小月感觉凉凉的，很舒服。她很配合地举起胳膊，让爸爸帮自己换下湿漉漉的睡衣，穿上干净的那套。

“就像这样。”爸爸说着卷起袖子，“太阳像只大水壶那样，把江河湖海里的水加热，变成水蒸气！”

小月看看外面的太阳。它看起来不像水壶。

“等水蒸气飘啊飘，飘到天上，它就变成了云朵。”

他的面颊兴奋地泛起粉色。爸爸也被加热了。

“如果上升的水蒸气足够多，云朵太重了，它们就会变灰，然后裂开！你猜它们会变成什么？”

“雨？”小月一边回想霍金斯先生画的弯弯曲曲的循环图，一边哑着嗓子说，“还有冰雹和雪。”

“明白了吧？”爸爸说，“没那么难。现在好好休息吧。”

小月听着爸爸的脚步声走下楼梯，走进花园。这是他一个月中唯一休息的一天，她却被困在床上。他可能整个早上都会跟妈妈和芬尼一起趴在地上玩耍，在户外播种，挖野草。外面有蚯蚓和瓢虫，有雀儿和长满青苔的石头。小月妈妈会戴着她的大宽檐帽，笑得特别开心，甚至都会忘了跟橙子树下突然冒出来的一小片雪花莲生气。

小月望着蓝天，天上点缀着白色小泡芙般的云朵。她想象着鲁本飞过它，胳膊张开，下巴仰起，她却不能和他一起。她想象卡斯珀一个人在学校拿出午餐，却没有人来猜当天的字母。小月翻了个身。她感觉睡衣硬邦邦的，有点儿扎人。它们刚从晾衣绳上收下来，闻起来有阳光的味道。小月冲她的睡衣皱起眉头——就连它们也丢下她去外面开心地玩过了。真不公平。她踹两脚被子，脑子里的暴风雨越来越猛烈，因为她可能永远都好不起来。也许她永远都不能飞了。小月瞪着那些白色小泡芙，想把它们瞪成灰色。她希望下雨。如果下雨了，至少大家都得进屋，那样就没人可以撇下她起飞了——连鸟儿也不行。

“想象一下，如果你能制造一朵云。”她在半明半暗的光线中轻轻对阿特拉斯说，“如果你能自己造出一片秘密的天空。”

阿特拉斯转过身去：它不喜欢被淋湿。然后她的肚子咕咕叫了。

“嘘！”她对肚子说，“我在想问题呢。”

但她的肚子没有理睬。

小月站起来。她的脚趾动了动。她的眼睛闪闪亮。也许她能做出一朵云，让它下雨——倾盆大雨。爸爸说了，没那么难的。小月闭上眼睛，想象自己在烟囱帽大街上昂首阔步，雷电擎在头顶，就像她希腊神话书中的积云神宙斯那样。不过这种幻觉没有持续多久，因为她很清楚，众神之王、宇宙的统治者从来不用放下雷电来擤鼻子。

小月醒了。

“讨厌！”她生气地小声说，一个上午都浪费在床上了。她看看钟。十一点，还没到时间。学校的午餐铃声再过一个小时才会响起，如果你是一朵风暴云，那可就是一辈子呢。她把腿悠下床，试着站起身来。她的膝盖发颤，浑身哪儿都疼——就连小脚趾都疼。她穿上睡袍和拖鞋，摇摇晃晃地走进空荡荡的厨房。爸爸说了，要制造一朵云，需要像太阳那样火热和像海洋一样湿润的东西。小月打开橱柜，翻出她能找到的最火热的东西：一些晒干的辣椒，一个洋葱，一个红辣椒，一些咖喱粉、烟熏红辣椒粉和胡椒粒，一听红豆，还有爸爸喜欢的辣香肠。她把这些都放在操作台上，剁了一通。然后她去洗衣间抓起她的雨伞，回到楼上去浴缸里放热水：这是她能想到的最湿润的东西。

等待热水注满浴缸时，小月跳了一会儿下雨舞，还练习了要和鲁本说的话。拧上水龙头时，她已经说到了“你好”。然后她把那些火热的东西全部丢进浴缸，用木勺搅拌。她身边开始升起一缕缕的蒸汽，浴室的镜子起了雾。真的可以！火辣辣的蒸汽云团从浴缸里冒出来，让她头上的小卷毛更卷了。小月打开窗户，想哄它出去，推呀推，把它推到天上。

房子外，下面的花园里，小月妈妈抬头嗅嗅空气。然后小月爸爸和芬尼也抬头嗅了嗅。

“这是什么香味？”爸爸说着脱掉他的园艺手套。

“不知道。”妈妈说着摘下了她的宽檐帽，“闻起来很香。”

小月妈妈、小月爸爸和芬尼都跟着香味走进家门，走上

木头楼梯。当他们发现小月打着伞坐在浴缸边时，根本就来不及问她为什么。因为明克家、斯诺家、劳森家、波莉·艾格斯家还有烟囱帽大街上其他所有人都已经来到花园小径上，希望能被邀请进屋。

现在，所有人都在屋里了。因为小月没做成云朵，却做成了一种美味的辣汤。光是闻着那股辛辣提神的味道，小月就觉得自己已经恢复得可以来一杯热巧克力了。

星期五上学路上，小月练习着要和鲁本说的话。她都说到“你好，我叫马格诺利月·木恩”了，但这也不算多大的进展。到了午餐时间，她依然没有多少进展。

小月仔细看卡斯珀·斯隆的棕色纸袋。

“你带了什么？”

“你猜。”卡斯珀说。

小月没时间猜。一道长长的影子刚好投在椭圆形跑道上。

是鲁本。

“快！”小月说着跳起来，抓住卡斯珀·斯隆的胳膊拽着他跑。

“我们这是去哪儿？”卡斯珀说着被鞋带绊了一下。

“马上就知道了！”小月开始回忆她的开场白。

但等小月跑到鲁本跟前时，她根本没时间去想应该说什么，因为他的胳膊已经张开，下巴仰起。她用崇拜的眼神盯着他。他的眼睛是绿色的，闪闪烁烁。她站到他身边时，他似乎已经知道她要说什么了。

见他光着双脚，她蹬掉鞋子，脱下袜子，看到卡斯珀也这样做，她咧嘴笑了。然后她舒展“翅膀”，绷紧自己，去感受隐形弓箭手的拉力。小月听见身后远远的某个地方传来一阵大笑。她没有回头看笑声是从哪儿来的。她只是把自己的下巴朝他们秘密的天空仰起。

“各就各位？”鲁本说。

“预备。”卡斯珀说。

“跑！”小月说。

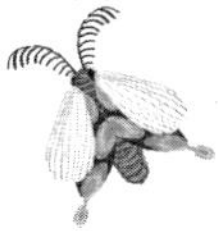

第九章

一个秘密的代号

小月很会跳舞。是月亮领着她在 84 号番红花小屋穿过杂草丛、走过墙头时教她的。她为不同场合准备了不同的舞蹈：暴风雨，星期三，穿条纹袜子时，连烤土豆时都有。

和月亮一样，小月总是在旋转。日日夜夜绕着希斯镇转。小月闭着眼睛也能转。但她从不闭眼，因为她总是在好奇地张望。当然，除非你希望她闭眼。那好吧，小月十分擅长假装闭眼。

“我要变成一颗草莓。”小月说，她刚和梅梅一起旋转，头还晕着。

“为什么？”梅梅说着扯起她的橡皮蛇糖，直到它啪的一声断开。

“因为草莓总是去好地方：野餐、派对、婚礼。它们只出现在最好的地方。”

“我有一次在菲力的尿不湿里发现了一颗草莓。他想留着吃。”

“噢。”小月说，“那可不是什么好地方。”

小月很懂尿不湿。给芬尼换尿不湿，她特别专业。他现在可以坐起来慢慢往后挪动了，而且他偏偏喜欢在小月准备给他穿裤子的时候这么做。有时她只能顺利套上一只裤腿，然后她就不管了，最后爸爸妈妈就会数落她。今晚是他们第一次分享房间。小月非常激动。在过去的六个月里，芬尼一直睡在她父母床边的小摇篮里，但妈妈说他现在可以睡到小月屋里了。其实芬尼不怎么睡。她父母夜里总要起床。楼梯比以前更暴躁了。就连阿特拉斯也开始闹情绪了。

“那香蕉吧。”

“那就犯规了。”梅梅说。

“为什么？”

“因为严格说来，香蕉既是一种水果，也是一种草本植物。如果我们可以选草本植物，我就不用选猕猴桃了，我会选罗勒草，这样所有人都喜欢我。”

“好，嗯，我们这样吧，你可以选水果或草本植物，但草本植物必须是以水果命名的，比如凤梨鼠尾草。”

“那香蕉不算啦？”

“不算吧。”小月说，她感觉脑袋更晕了，“那我选柠檬百里香。”

梅梅翻翻白眼。

“你在显摆。”

小月听见有车开进她家车道。是梅梅爸爸来接梅梅回家了。

“对了。”走到门口时小月柔声说，“的确所有人都喜欢呀。”

“所有人，玛德琳·菲普斯除外。”梅梅说。

玛德琳·菲普斯是梅梅新学校里一个受欢迎的女孩。每次梅梅一进教室或举手，她就要小声嘀咕或哈哈大笑。

“别管玛德琳·菲普斯。”小月说，“她没准儿是屁股被蝎子蜇了一口，痒得不行。”奶奶就这样说欺负人的家伙，“所以她一直那么刻薄，到处挑刺儿。”

梅梅咬咬下嘴唇。

“再说了。”小月腼腆地说，“我喜欢你，非常喜欢。”

梅梅脸上绽开笑容。

“你就是香蕉。”梅梅说。

小月摇摇头。

“应该是柠檬百里香。”

梅梅刚离开，小月就听到了敲门声。

是卡斯珀·斯隆和他家的狗波妮。波妮是一只爱喝燕麦粥的短腿猎犬。它的耳朵特别长，吃早饭的时候要用旧长筒袜扎起来，不然就会把金色糖浆拖得满屋都是。

“嗨，卡斯珀。”

“大[1]！大！”芬尼坐在他的高脚椅上喊。

“嘿，马格诺利月，你家有多余的南瓜吗？我们要做南瓜汤当晚餐，可我们没有……南瓜。”

“自己来挑。”小月说，“我们大丰收了！”

卡斯珀露出微笑，然后发出一连串奇怪的咔嗒声。

“这是什么意思？”小月问。

“猫头鹰就是这样说‘谢谢’的。”

小月非常佩服，她把卡斯珀和波妮领到菜地那边。

“大！大！”芬尼尖叫着扭来扭去，想要下来。

“杰里米！”小月妈妈喊道，“请到厨房来一下，芬尼又在找你啦。”

“来啦，儿子。”小月爸爸喊道，“大大来喽。”

晚餐后，小月帮忙给芬尼准备洗澡的东西。她从洗衣房拿来浴盆和毛巾，把浴盆放在厨房的桌上，把大锅里的温水倒进去。然后她把胳膊肘伸进去试了一下水温。

等妈妈把芬尼放进泛着泡沫的洗澡水里时，他拼命蹬

① 芬尼年龄小，无法准确说出词语，只能简单发出“Da”的音。——编者注

腿，吮吸沾满肥皂的毛巾。

“恶心！”小月一边说一边拼命把毛巾从他嘴里抠出来。芬尼就是不肯罢休。

“你小时候也一样。”妈妈说，“你小时候也喝了不少洗澡水。”

“里面可能有尿呢。”

“真的可能有。”妈妈表示赞同。

等芬尼穿好小背心和条纹连体裤，小月把他小床的护栏立好。他们的房间准备就绪。

“你喜欢我们的新窗帘吗？”她说着指指黄色的小雏菊，“我选的。”

芬尼的确喜欢那些窗帘。他还喜欢小月的书。他从小床栏杆伸出胳膊，去够她的书架，然后抽了一本出来。

“芬尼，别！”她大喊起来，而芬尼在啃她希腊神话书的一角，“那是我的！”

但太晚了。书角已经留下了牙印，上面黏糊糊的。

小月伸手进去把书从他跟前抢走。芬尼尖叫起来。阿特拉斯从小月床上跳下来，偷偷溜出屋子。小月仔细检查她的书。封面的珀伽索斯完好无损，可背面的双头狗却黏糊糊的，沾满口水。

“来，拿这本。”小月说着把她一本关于太空的旧书递给芬尼。

但芬尼不想要这本。他想要她的宝贝书。

“大！”他发出哀号，“大，大！”

“来了心肝儿。”爸爸说，“大大来啦。”

爸爸一把抱起芬尼，开始沿着走廊做弹簧式下蹲起立。

“哎哟，哎哟，哎哟。”楼梯讽刺地呻吟着。

弹簧式下蹲起立好像并不管用。芬尼还在哀号，所以爸爸又试着做箭步蹲。

妈妈在转角探出脑袋。

“他可能还要再喝点儿奶。”她叹气道，然后他们都消失了。

小月又钻进被窝。

“阿特拉斯。”她伸着脑袋喊道，“来啊宝贝儿。”

阿特拉斯没来。

等芬尼安静下来，妈妈又把他放进小床。芬尼翻过身，跪趴在床上，合起眼睛。小月只能看到他屁股撅在空中的小小轮廓。

“我们再试试。”妈妈说，“如果他总是把你吵醒，我们再想办法。你下周没精打采地去上学可不行。”

妈妈关了灯。

“阿特拉斯不在，我睡不着。”小月悄声说。

“等安静下来它就回来了。”

小月叹了口气，盯着屋顶。她在窗口找月亮。动静这么大，连它都被吓跑了。

小月醒了。芬尼哭得很厉害。不是像羊羔一样咩咩的叫声，是怒气冲冲的凤头鹦鹉般的尖叫。整栋房子都漆黑一片，只有走廊上的灯发出微弱的光。她隔着两间屋子都能听到爸爸的呼噜声。

“好吧，来吧。”

小月抱起芬尼，把他抱到自己床上。

他的小脸蛋儿很烫，湿漉漉的。她让他靠在枕头上，把自己的小拇指给他啃。但他推开了。

“大！”他说，“大，大！”

“嘘，大大在睡觉。”小月说，“你也该睡了。如果你在这里睡不着，就得回到原来的房间了。”

而芬尼点着脑袋，哭得更响了。他还是发现那本书了。她的宝贝书。虽然她已经把它藏到抽屉柜上的一只帽子下面了。

“大！”他哀号道，“大！大——！”

“噢，好吧，你小心点儿。”

小月伸手抽出她的希腊神话书。芬尼立刻就不哭了。他的手在封底摸来摸去。

“大！”他得意地说，一巴掌拍在双头狗的图片上。

“那不是爸爸。”小月大笑起来，“那是一条狗。”

“大！”

“哦，狗哇！”小月说，“你想说‘狗’，是吗？那是不是‘大’？”

芬尼吹出一些口水泡泡，一动不动地坐着。

“你喜欢小狗？”小月问。

“大。”芬尼嘟哝着。

“我也喜欢狗。这是两个脑袋的‘大’，它还有个兄弟长着三个脑袋，尾巴是一条蛇！”

小月把她的被子拉到他们两人身上。月亮在窗口，听着屋里的动静。就连阿特拉斯也回来了，在床尾紧紧地蜷成一个球。

“三头狗是地下世界的看门狗。不过我觉得它们并不友好。不像波妮那样。它们吃人，而不是喝燕麦粥。它们绝不会让你用长袜子把它们的耳朵扎起来的。”

小月翻遍全书，找出更多犬类怪物的图片。她给芬尼读了整整一章，而芬尼也配合地在重要的地方补充一声“大”。

读完后，小月教芬尼在墙上做小狗手影，不过她只会比画一个脑袋的狗。等芬尼玩腻了手影，她给他唱那首小月亮的歌，像她父母那样拍他的屁股，直到他睡着。她轻轻把他抱起来，亲了他一下，把他放回他的小床。他的小嘴在抽动。她好奇他是不是梦见狗了。

等小月下楼，芬尼已经坐在儿童餐椅上吃早饭了，她爸爸在吹双簧管。

小月妈妈像大灰狼一样在呼哧呼哧喘气。

“他一口也不吃。”她挥舞着勺子说，“肯定是因为他的牙齿。他不停叫你爸爸，可你爸爸在……练习。”

小月抽出一把椅子，强忍住一个哈欠。

“芬尼昨晚吵你了吗？”

芬尼看看小月。小月看看芬尼。

“没。”小月说着憋住另一个哈欠。

“要是他吵你，我们就把他带回我们屋去。”

“大！大！”

“我投降了。”小月妈妈说，“我喂他不吃，他只要你，杰里米。”

小月拿出她的铅笔。她开始画画。

“你在做什么？”爸爸走进厨房时问。

“给芬尼画点儿东西。”

“哟！”他看着纸上的三头犬说，“给小宝宝看这个太吓人了，你不觉得吗？”

小月又补上一个脑袋。

“这样怎么样？”

小月爸爸咧嘴笑了。

“大！”芬尼说，“大！大！”

“不怕，”小月爸爸说，“大大来啦。”

小月爸爸把勺子举到芬尼嘴边，可芬尼皱皱鼻子把头扭开。

然后小月把那张画儿给他。

芬尼盯着那幅画儿。

芬尼张开嘴，吃下一大口炒鸡蛋。

“看到了吧。”小月妈妈说，“现在他愿意吃了。你在这里他就很高兴，杰里米。”

“大。”芬尼开心地嘟哝着，鸡蛋在画儿上喷得到处都是。

小月爸爸的腰板挺得更直了，看起来好像自豪得要爆炸了。

小月看着芬尼又吃了一口，露出了微笑。

“他很开心。”小月说。她没多说，因为她不想伤害爸爸的感情，而且他在家里的时候她和芬尼都很开心。还有，成为唯一懂得芬尼秘密代号的人也很好玩儿。

“你今天打算做什么？”小月妈妈问。

“我想我会邀请卡斯珀来玩，”小月说，“再给他挑一个南瓜。”

“噢，是吗？”

“我还在想，”小月望着芬尼说，“我也会邀请波妮一起来。”

“好主意。”小月妈妈说。

“大！”芬尼拍起手来。

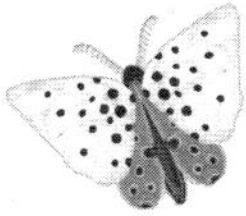

第十章

一个秘密的英雄

月亮颤颤悠悠的。

小月沿着花园围墙慢慢挪动，在墙头上站定。

“别担心！”她说着张开双臂，以防月亮从天上掉下来，“我会接住你的！”

她妈妈在屋里叫她。不过小月没有答应，因为她完全是另一个人。昨天晚上她是希腊神话书中的阿拉克尼，那个被变成蜘蛛的纺织女。她采集了月亮所有的银丝，为一棵树织了一顶皇冠。但今晚她是会飞的英雄珀耳修斯，他穿着一双长翅膀的鞋子，那是神给他的礼物，让他营救需要帮助的人。

不过，月亮现在似乎还不需要营救。其实，颤颤悠悠的是小月自己。所以她在花园墙头坐下，向月亮低声说出一个秘密。

月亮也悄声回应她。它跟她说各种事情。说说被它摇动的海洋，从它身边经过的星星。说说自己作为浑身是洞的老人家有什么感受。说说它居住的遥远地方。但有些事情它是不会告诉小月的：它想要守护的秘密。比如小月生日会收到哪些礼物，为什么她弟弟芬尼喜欢往后爬而不是向前爬，还有，为什么长大需要那么长时间。快要十岁的孩子真不容易。不管她怎样纠缠不休，月亮只是眨眨眼。所以小月飞走了，去找其他需要被营救的人。没过多久她就找到了。

“别怕。”小月冲屋顶上她的猫咪摇着一只凉鞋说，“我来救你。”

但阿特拉斯没有动弹，这时她开始担心它是不是已经变成石头了。

然后它眨眨眼，抖抖胡须，因为被打扰而生气。

从它低头怒视她、抖着尾巴的样子来看，小月觉得它也不需要被人营救。所以她进去营救正在读书的爸爸，因为他好像总也读不完。

“这是讲什么的？”小月问。

“一位英雄，一次营救行动，以及一个秘密的洞穴。”小月爸爸说。

小月觉得那听起来不错。

“那位英雄是不是快十岁了？”

小月爸爸摇摇头继续读。

小月叹口气。她父母读的冒险故事里从来都没有快要十岁的人物。小月妈妈说只要再等一个星期就到小月的生日了，但如果你是花瓶里的玫瑰或碗里的桃子，那就是一辈子了。

“最后怎么了？”小月问。

“我不知道。”小月爸爸说，“我还没读到最后呢。”

“别担心。”小月说着一把夺过书翻到最后一页，“我来告诉你！”

“别！”小月爸爸一把夺回来。

“你不想知道吗？”小月问。

“当然想。”

“那你为什么不想现在就看？”

“因为那样就没有惊奇感了，而且我会错过中间的部分。”

小月不喜欢中间部分。它们很碍事。她喜欢倒着来，这样就能先品尝结局了：甜筒底部，小测验最后一题，信的结尾。有时候她甚至会头枕床尾睡觉，想看看能不能从那里看到明天结束的时候是什么样，看看会发生什么。

“小月！”妈妈喊道，“该睡啦。”

但今晚小月不是小月，而是珀耳修斯，她决定在刷牙前再营救一个人。从妈妈沙哑的嗓音和她提着去给室内盆栽浇水的大锅来看，她就是那个需要被营救的人。

“别担心。”小月说着把大锅往自己跟前拖，“我来救你！”

“别！”妈妈说，“那个锅柄，它——”

不过已经晚了。

水哗哗地泼在楼梯上。

“哦！”妈妈发出呻吟。

“不！”暴脾气的老楼梯抱怨道，因为水全部渗进它的沟沟缝缝里了。

然后小月卧室传来一阵哀号。她把芬尼吵醒了。

“对不起。”小月说，两只袜子都后悔得滑了下来。

“没事。”妈妈说。

小月跑去拿毛巾，擦干泼出来的水，她冲楼梯直皱眉头，因为手忙脚乱地抓着一条湿淋淋的毛巾瞎折腾并不是她所期待的冒险。

“妈妈，”小月把水拧进锅里，“要多久才能长大？”

“也没多久。”妈妈说。

“多少分钟？”

“很多分钟。”妈妈说，“但也没有多少分钟。”

小月叹了口气。时间就是那么狡猾。它很长，也很短。它总是来来回回，卡在昨天和明天之间。“你是什么时候长大的？”

“上周三。”小月妈妈说，“我从信箱里掏蜗牛的时候。”

小月皱起眉头。那些蜗牛总爱啃他们的信。就连梅梅发给她的十岁生日聚会邀请函都被它们啃掉了一半。

回到屋里后，小月把她的枕头放在床尾，朝窗外望去。芬尼蜷在他小床的尾部，大声吮吸着自己的大拇指。她拼命伸长脖子，但最远只能看到阿特拉斯的尾巴。然后她转向墙

面，琢磨还可以变成谁，因为毕竟她可能不是当英雄的料。

第二天吃早餐前，小月已经从信箱里掏出来三只蜗牛了，可她觉得自己还是没长大多少。她看着自己在小水坑里的倒影，忽然听见厨房里传来一阵呼哧呼哧声。

“怎么啦？”小月冲进屋里问。

“芬尼。”小月爸爸说，“我找不到他了。”

他眼睛瞪得老大，惊恐万分。

“我刚才把他放在地板上去摘长豇豆。”他说，“我一回来他就不见了。我哪儿都找了，可他消失了！”

小月非常了解奇怪的失踪：会消失的神，吞没一切的旋涡。她在希腊神话书中读到过。不过芬尼肯定没有消失。有豆角的时候肯定不会。芬尼喜欢豆类。

小月拼命想如果她是芬尼她会去哪儿，她弹簧般的头发全神贯注地卷了起来。

然后她的脚趾动了动。她的眼睛闪闪亮。

“你试过倒着找了吗？”

小月爸爸没有试过。

小月四肢着地，回到芬尼的起点。然后她开始倒着爬。爬过厨房桌子底下。爬过钢琴。

爬到还没搬走、正在枯萎的旧圣诞树后面。穿过蜘蛛网和一堆不成双的袜子。一路退到最里面靠墙角的衣柜，直到无路可退。

然后她听见了咯咯的笑声。小月停下，往衣柜底下布满阴影的深处望去。芬尼就在里面，被困在一个秘密的洞穴里，没办法出来。小月突然想到，也许芬尼和她很像。他也不喜欢中间部分。他总是先看尾巴：小床尾部，浴盆尾端，屋子最里头。

“别担心。”小月低声说着，把手伸进洞里，“我来帮你。”

那条缝太窄了，不够她钻进去，只能容下她的胳膊。

她凑上前去，抓住他圆滚滚、软乎乎的身体，但芬尼就是不肯动弹。

“试试往前爬。”小月说，“来吧，很好玩儿的。”

芬尼只是冲她眨眼。

“没有看起来那么难。”小月说，“先一只膝盖往前挪，然后另一只膝盖往前挪，然后你的手自动就跟上来了。”

小月带头，给他做示范。

过了一会儿，芬尼跟上来了。他们一起缓缓往前爬，直到芬尼重获自由。

“我的英雄！”小月爸爸踮着脚尖蹦起来，因为小月救出了芬尼。

接着爸爸后退让开，他们两个一路爬过厨房，爬出家门。

妈妈在屋里喊小月的名字。这一次我们的英雄答应了。

因为除了这个人，她谁也不想当。

“我在这儿呢！”小月说。